DIT DAGBOEK IS VAN:

Nikki J. Maxwell

GEHEIM & VERTROUWELIJK

Als je het vindt, breng het dan terug voor een BELONING!

(NIET STIEKEM LEZEN!!!☹)

VAN

Rachel Renée Russell

verschenen:

Dagboek van een muts (1)

Dagboek van een muts – Zoek 't lekker uit! (2)

Dagboek van een muts – In de spotlights! (3)

Dagboek van een muts – Mijn gemuts (3½)

Dagboek van een muts – Zak er lekker door! (4)

Dagboek van een muts – Nikki weet raad (5)

Dagboek van een muts – Hopeloos verliefd (6)

Dagboek van een muts – Drama voor de camera (7)

Dagboek van een muts – Er was eens... (8)

Dagboek van een muts – Afblijven! (8½)

Dagboek van een muts – Houd de dief! (9)

Dagboek van een muts – Puppy love (10)

Dagboek van een muts – BFF's voor even (11)

Dagboek van een muts – Liefdeskriebels (12)

De avonturen van Max Kruimel – Superheld op sokken (1)

De avonturen van Max Kruimel – Stank voor dank (2)

Rachel Renée Russell

Dagboek van een MUTS

LIEFDESKRIEBELS

AVONTUREN VAN EEN NIET-ZO-GEHEIME DATINGRAMP

in samenwerking met

Nikki Russell en Erin Russell

UITGEVERIJ
De Fontein
JEUGD

De Nederlandse Kinderjury 2019

www.defonteinkinderboeken.nl

www.dagboekvaneenmuts.nl

Oorspronkelijke titel: *Dork Diaries – Tales from a NOT-SO-Secret Crush Catastrophe*

Verschenen bij Alladin, een imprint van Simon & Schuster

Vertaling: Mechteld Jansen

Omslagafbeelding en illustraties: Rachel Renée Russell

Omslagontwerp: Zeno

Grafische verzorging: PHprojecten

ISBN 978 90 261 4594 0 (e-book 978 90 261 4595 7) | NUR 283, 284

Voor alle Dagboek van een muts-fans
met een geheime crush.

Jullie weten wie jullie zijn! ☺

WOENSDAG 21 MEI – 07.15

THUIS

IEIEIEIE!!☺ Volgens mij lijd ik aan een ernstig geval van CRUSHITIS!!

OMG! Misschien ben ik wel echt...

...want ik ben zo WAANZINNIG gelukkig dat ik zonnestralen, regenbogen, confetti, glitter en van die schattige Skittle-snoepdingetjes zou kunnen RONDSPUGEN! Mijn hart bonst, mijn handen zijn zweterig en ik ben een beetje draaierig van alle vlinders in mijn buik.

Helaas is er nog geen GENEESMIDDEL tegen...

MIJN DIAGNOSE: CRUSHITIS

Hoe ik aan deze acute crushitis kom is een lang en ingewikkeld verhaal. Ik wilde net ontbijten en naar school gaan...

ALWEER HONGER, DAISY?
IK HEB JE NET GEVOERD!
WAF! WAF!

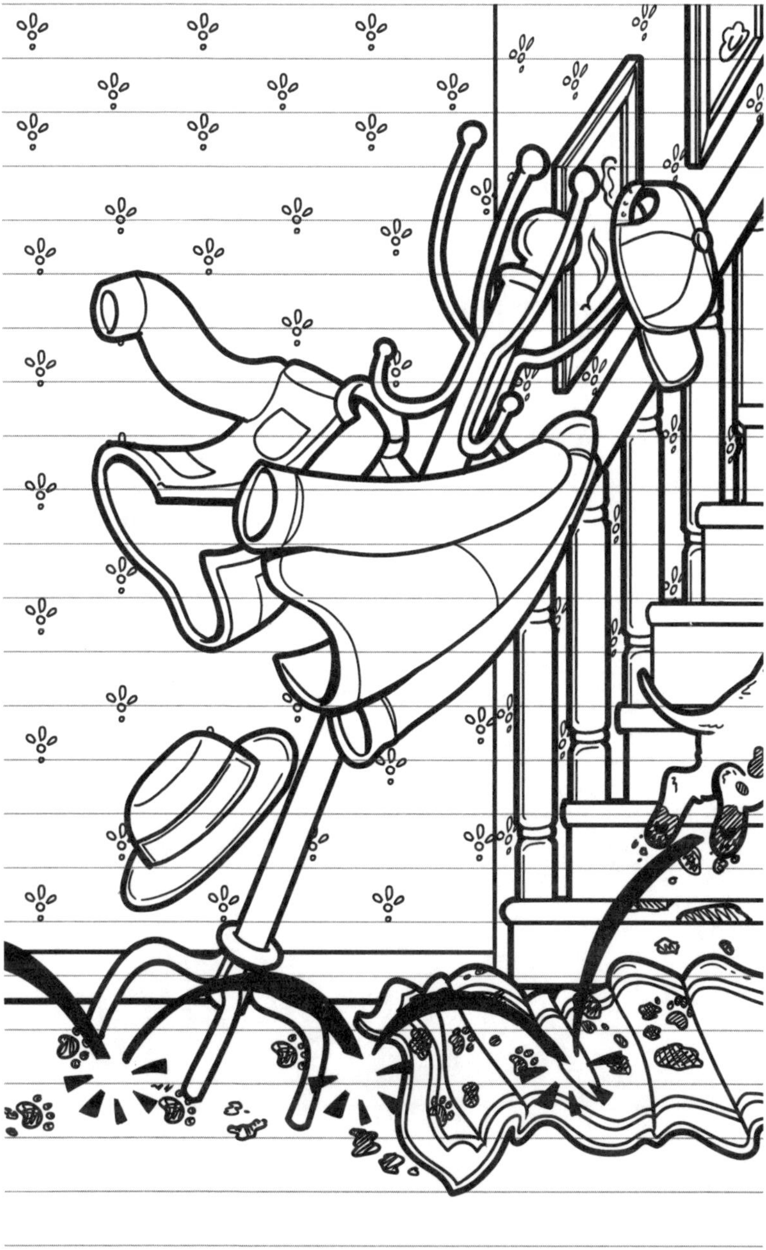

7:00 AM

IK ZEG TEGEN DAISY DAT ZE HEEL STOUT IS!

Niet te geloven dat Daisy een STIEKEME SALAMI-SNAAIER is! Maar hé! Ze is MIJN schattige, kleine, stiekeme salami-snaaier!

Ik snapte gewoon NIET hoe zoiets kleins, schattigs en knuffeligs ons hele huis in nog geen drie minuten totaal in PUIN kon leggen.

Er is eigenlijk maar ÉÉN verschil tussen Daisy en mijn lastige zusje Brianna.

Brianna hoort BINNEN te plassen, maar heeft soms BUITEN een ongelukje. En Daisy hoort BUITEN te plassen, maar heeft soms BINNEN een ongelukje!

Ik was nog maar net begonnen de enorme rotzooi op te ruimen die Daisy had gemaakt toen ik snel met haar naar buiten moest om haar te laten plassen.

Toen ze dat had gedaan, stampte ze door een modderplas en sprong daarna speels tegen me op.

OMG! Het zag eruit alsof Daisy en ik een potje modderworstelen hadden gedaan. En IK had VERLOREN! ☹

Ik probeerde haar wanhopig weer het huis in te sleuren toen ik plotseling tegen iemand op botste...

BRANDON?
HÉ, NIKKI! HOE IS HET?
WAF!
WAF!

OMG! Ik schaamde me KAPOT.

Ik zat van top tot teen onder de modderige pootafdrukken van Daisy. Het liefst wilde ik onze brievenbus opendoen, erin kruipen en STERVEN!!

Brandons ogen twinkelden en hij beet op zijn onderlip. Het was duidelijk dat hij zijn lachen probeerde in te houden om me niet NOG erger te VERNEDEREN.

'Eh... gaat het?' vroeg hij.

'Ja hoor, alles gaat... prima, eigenlijk. Daisy en ik waren even aan het wandelen, en...'

'Laat me raden. Jullie kregen ineens zin om door de modder te rollen?' zei Brandon grijnzend.

Voor ik het wist rolde ik met mijn ogen.

Brandon zei dat hij zo vroeg op pad was om dingen af te leveren bij iemand die een donatiewebsite zou gaan maken voor dierenasiel Vrolijke Viervoeters, waar Brandon als vrijwilliger werkt.

Daisy kwispelde blij en keek naar Brandon alsof hij een hondenkoekje op mensenformaat was. Hij tilde haar lachend op...

BRANDON KLETST MET DAISY

Dus toen vertelde ik hem over alle ondeugende dingen die Daisy had gedaan.

'Ik ben totaal uitgeput, Brandon, en ik ben nog maar een uur uit bed. Ik zweer het je, als Daisy een speelgoedhond was, zou ik de batterijen eruit halen en ze weggooien!' mopperde ik.

'Jammer. Hé, misschien is gehoorzaamheidstraining een oplossing voor je!' zei Brandon.

'Bedankt voor je advies. Maar gehoorzaamheidstraining klinkt SUPERheftig. Ik hou de TIEN minuten opwarmen voor de gymles al nauwelijks vol,' mompelde ik gefrustreerd.

'Die gehoorzaamheidstraining is voor DAISY. Niet voor JOU!' zei Brandon lachend. 'Ik neem aan dat JIJ niet uit de vuilnisbak eet of uit de wc drinkt. Toch?'

Ik staarde Brandon geschokt aan. Ik kon NIET geloven dat hij me zoiets PERSOONLIJKS vroeg. Wat ONBESCHOFT!!

Ik begon me af te vragen of Brianna soms achter mijn rug met Brandon over mij had geroddeld.

Ik zou NOOIT OFTE NIMMER uit de VUILNISBAK eten! IEUW! ☹

Tenzij ik daar natuurlijk een HEEL goede reden voor had.

Zoals die keer dat Brianna per ongeluk het witte zakje had weggegooid waar mijn chocoladecupcake met karamel in zat.

Die had ik NET gekocht bij de CupCakerij.

JA! Ik geef toe dat ik toen het vuilnis moest doorzoeken om het terug te vinden.

En er plakten een dikke klodder jam, een half opgegeten visstick en wat slijmerige havermout aan de buitenkant van het zakje. Het zag er best goor uit.

Maar de cupcake leek nog in orde, dus die heb ik gewoon OPGEGETEN...

IK EET UIT DE VUILNISBAK!

Ik zou NOOIT OFTE NIMMER zoiets smerigs drinken als wc-water! IEUW! ☹

Of nou ja, niet expres dan.

Een paar weken geleden viel Brianna's teddybeer Hans per ongeluk in de wc. Liters pleewater klotsten over me heen, net terwijl ik aan het gillen was...

IK KRIJG PLEEWATER BINNEN!

Maar ik zat NIET met mijn hoofd in de wc-pot om water op te SLOBBEREN alsof ik stierf van de dorst of zo.

Ik zei niets tegen Brandon over de vuilnisbak of het pleewater, want dan zou hij vast denken dat IK ook gehoorzaamheidstraining nodig had, SAMEN met Daisy! ☹

Sorry! Maar ik ben ERG op mijn privacy gesteld, en ik hang de vuile was niet graag buiten!

Eindelijk begon hij over iets anders. Gelukkig!

'Ik heb een idee, Nikki! Ik wil Daisy best trainen. Twee keer per week, gewoon bij jou in de achtertuin.'

'Dat klinkt FANTASTISCH!' riep ik. 'Wat dacht je van woensdag en zaterdag, vanaf aanstaande zaterdag?'

'Geen probleem! Ik heb er echt zin in om dit samen te doen. Het wordt leuk!'

'Nou, Daisy is ook graag bij JOU!' zei ik.

En toen STAARDE Brandon recht in de... troebele diepten van mijn... innerlijke ziel. Toen glimlachte hij een beetje verlegen en veegde zijn warrige haar uit zijn ogen. Ik dacht dat ik zou SMELTEN!

'Eerlijk gezegd heb ik vooral zin om met JOU samen te zijn. Niet met je HOND!' Hij bloosde...

JA! Dat zei Brandon echt tegen me!

IEIEIEIEIE! ☺

Op dat moment werd ik getroffen door CRUSHITIS...

...als een lawine van bakstenen!

IK WORD GETROFFEN DOOR CRUSHITIS!

'Eh... Dat geldt ook voor mij, Brandon.' Ik giechelde nerveus. 'We gaan echt lol hebben! En met "we" bedoel ik JIJ en IK. Niet mijn HOND.'

'COOL!' zei Brandon met een scheef glimlachje.

'ECHT COOL!' zei ik blozend.

Toen haalde ik een paar keer diep adem en probeerde de vlinders te kalmeren die rondfladderden in mijn draaierige buik.

WAAROM?

Omdat ik HEEL zeker wist dat Brandon de hondentraining zou AFZEGGEN en NIET meer met me zou willen omgaan als ik vlinders op de stoep zou SPUGEN!

Ja, zeg! WIE doet zoiets nou?

Alleen een complete IDIOOT!!

We stonden maar een beetje verlegen naar elkaar te glimlachen en dat leek EINDELOOS door te gaan!!

Omdat Brandon me wilde helpen met Daisy, bood ik aan om hem te helpen met zijn website voor Vrolijke Viervoeters.

Hij was daar zo blij mee dat hij grijnsde van oor tot oor.

Dus nu ga ik een paar mooie tekeningen voor de website maken. We zullen er vooral op school aan werken.

Ik vind het zo'n fijn idee dat Brandon en ik vaker samen zullen zijn!

Hopelijk worden we nog betere vrienden dan we al zijn.

Hij vindt mij heel leuk en ik vind hem heel leuk, dus WAT zou er nou helemaal MIS kunnen gaan?

Sorry! Maar ik WEIGER onze bijzondere VRIENDSCHAP door iets of iemand te laten VERPESTEN!

Maar goed, ik moet nu echt stoppen met schrijven. School begint over nog geen halfuur! En ik moet nog STEEDS opruimen en mijn modderkleren uittrekken!

OMG! Als mijn MOEDER thuiskwam van haar werk en de ENORME PUINHOOP zag die Daisy ervan heeft gemaakt, zou ze een complete ZENUWINZINKING krijgen...

...en mij en Daisy naar Vrolijke Viervoeters brengen...

...OM ONS DOOR EEN NIEUW GEZIN TE LATEN ADOPTEREN!!

Ik kan niet wachten om mijn BFF's Chloë en Zoey het opwindende nieuws te vertellen dat Brandon en ik veel samen zullen zijn om Daisy te trainen EN aan zijn Vrolijke Viervoeters-project te werken.

En omdat Chloë romantische tienerboeken verslindt en Zoey van zelfhulpboeken houdt, zullen ze me vast en zeker raad geven over hoe ik moet omgaan met mijn CRUSHITIS!

WOW! Ik heb ineens een GEKKE gedachte! Zou het soms BESMETTELIJK zijn?

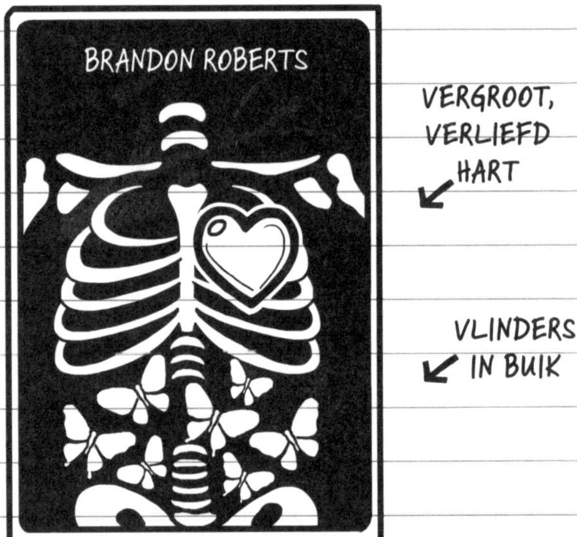

JE WEET MAAR NOOIT!! ☺!!

DONDERDAG 22 MEI – 09.45
BIJ MIJN LOCKER

Gisteren tijdens de lunch vertelde ik Chloë en Zoey over mijn crushitis en over alles wat er was gebeurd tussen Brandon en mij.

Ze waren HEEL blij voor me en gaven me een dikke vette KNUFFEL!

CHLOË, ZOEY EN IK DOEN EEN GROEPSKNUFFEL!!

'Jij hebt meer levensvragen dan een complete filosofieclub, Nikki!' zei Chloë plagend.

'Maar TOCH houden we van je!' giechelde Zoey.

Chloë en Zoey zijn zo'n beetje EXPERTS in romantiek voor tieners en ze legden me alles geweldig goed uit...

Om te beginnen kan het woord CRUSH op een PERSOON slaan (degene op wie je gek bent) of op de (warme en knusse) GEVOELENS die hij of zij bij je opwekt. Dat betekent dat je dus een CRUSH kunt hebben op je CRUSH! ☺

Het is ook heel normaal om ZENUWACHTIG en een beetje VERLEGEN te zijn als je crush in de buurt is.

Man, ik word al ZENUWACHTIG als ik alleen maar DENK aan hoe ZENUWACHTIG Brandon me maakt!

Maar het echt idiote komt nu pas. Omdat je een EMOTIONEEL WRAK bent, DOE en ZEG je vaak ongelofelijk STOMME en PIJNLIJKE dingen, die je crushitis alleen maar ERGER maken...

HOE ZET JE JEZELF TOTAAL VOOR SCHUT BIJ JE CRUSH!

Het GOEDE NIEUWS is dat het hele crushgedoe vooral onschuldig en leuk is! ☺ Waarschijnlijk zal je crush zelfs NOOIT weten dat je een crush op hem hebt.

Maar het SLECHTE NIEUWS is dat zelfs een milde crush kan uitgroeien tot een CRUSHITISCRISIS! En als dat gebeurt, kun je er KNET. TER. GEK van worden!!

EEN KLASSIEKE CRUSH ESCALEERT TOT EEN CRUSHITISCRISIS!

Het ALLERENGSTE vind ik dat mijn crushitis zo erg kan worden dat ik niet naar school kan!

En stel nou dat het zo uit de hand loopt dat ik de HELE zomer in BED moet blijven?

Dan zou ik niets kunnen doen, behalve...

1. dagdromen over mijn crush

2. mijn crush tekenen

3. muziek luisteren die me aan mijn crush doet denken

EN

4. over mijn crush in mijn dagboek schrijven.

Plotseling besefte ik hoe ERNSTIG mijn toestand was.

'OMG! Chloë en Zoey! Straks moet ik nog de rest van mijn LEVEN in bed blijven liggen met een ernstige vorm van CRUSHITIS!'

IK BEN KRANKZINNIG GELUKKIG EN HOOP DAT MIJN CRUSHITIS NOOIT MEER OVERGAAT!!

Maar het belangrijkste wat ik moet onthouden is dat het spannende van de meeste crushes er in de loop van de tijd vanzelf af gaat, als je ouder wordt en/of doorkrijgt dat jouw PRINS op het WITTE PAARD eigenlijk meer een LOSER met een STOKPAARDJE is!

Oké, ik weet VRIJ zeker dat Brandon GEEN LOSER met een stokpaardje is. Maar ik snap wat ze bedoelen.

Chloë en Zoey verzekerden me dat Brandon echt een leuke jongen is en dat het helemaal goed komt met mij.

Dus zal ik hun raad opvolgen en proberen niet te piekeren of te stressen.

Al moet ik toegeven dat die schattige vlinderdingetjes in mijn buik een beetje

KIETELEN!

Toen we eindelijk ons middageten ophadden, deden mijn BFF's iets HEEL liefs. Ze trakteerden me op een extra grote BROWNIE MET ROOMIJS EN WARME KARAMELSAUS uit de kantine!

En toen ik vroeg waarom ze zo lief voor me waren, begon Zoey te giechelen en riep ze uit...

'We zijn aan het sparen voor de zomervakantie. En IJS is GOEDKOPER dan THERAPIE!!'

Zijn ze niet GEWELDIG?

VRIJDAG 23 MEI - 14:30
BIJ MIJN LOCKER

Niet te geloven dat het schooljaar over iets meer dan een week afgelopen is. IEIEIEIEIEIE!! ☺

Hoewel dit hele jaar een groot DRAMA is geweest, ging het eigenlijk best snel voorbij.

De zomervakantie wordt echt GEWELDIG!!

In juli gaat mijn band Eigenlijk Weet Ik Het Nog Niet een maand op tournee, als voorprogramma van de superpopulaire jongensband...

Hoe COOL en SPANNEND is dat? ☺!!

De wereldberoemde producer Trevor Chase vroeg of ik een optreden van een halfuur in elkaar kon zetten, met onder meer ons nummer 'Ik ben mooi een muts!'.

Als het schooljaar afgelopen is, gaan we weer repeteren. *OMG!* Ik kan me haast niet voorstellen hoe het zal zijn om met BRANDON op tournee te gaan! ☺ En met de rest van mijn band!

Chloë en Zoey hebben SUPERVEEL zin in onze tournee en praten nergens anders meer over. Ze willen ook een vlog beginnen over hun belevenissen op tournee, in de hoop dat ze een eigen realityprogramma op tv krijgen.

Ze hebben al een naam bedacht voor hun vlog. *Chloë en Zoey: Tieners op tournee!*

Het LAATSTE wat ik als BFF wil doen, is hen ontmoedigen om hun droom van een eigen tv-programma na te jagen.

Maar na mijn eigen programma van afgelopen maart ben ik HELEMAAL klaar met reality-tv!

IK FLIP VAN DIE CAMERA'S OVERAL! ☹

Ik zal Chloë en Zoey wel helpen brainstormen en ze VANACHTER de camera proberen te steunen.

Ik heb me OOK opgegeven voor een studiereis naar PARIJS deze zomer! ☺

OMG! Zie je MIJ al door de stad toeren en bij het beroemde museum het Louvre rondhangen?

IK VIER DE ZOMER IN PARIJS!

Ik weet het! Ik eigenlijk OOK niet! ☹!

Dus blijf ik hoe dan ook NIET met ingehouden ADEM afwachten of er een DROOMZOMER in PARIJS in zit. WAAROM NIET? Omdat het leven GEEN romantische comedy is!

Maar de grootste mijlpaal wordt dat ik deze herfst overga naar de volgende...

KLAS!! ☺

JA! Dan hoor ik eindelijk niet meer bij de kleintjes!

De leerlingen in de hogere klassen zijn echt COOL. En zo VOLWASSEN. En WERELDWIJS! En het MOOISTE is dat ze bijna oud genoeg zijn om hun RIJBEWIJS te halen!

OMG! Zie je Chloë, Zoey en mij al ELKE DAG samen met de auto naar school gaan?

En omdat wij dan ook in een hogere klas zitten, zijn wij OOK heel cool, volwassen en wereldwijs!!

Ik durf te wedden dat we onszelf dan NAUWELIJKS nog herkennen in de spiegel! Of in een superSCHATTIGE felroze sportcabrio...

CHLOË, ZOEY EN IK HERKENNEN ONSZELF NAUWELIJKS!

En het mooiste is nog dat ik dan VAST geen locker naast MacKenzie Hollister meer zal hebben. Gelukkig maar! ☺

Had ik al gezegd dat MacKenzie afgelopen dinsdag weer TERUG is overgestapt van North Hampton Hills naar Westchester Country Day?

YEP!! Net als de enge slechterik in een horrorfilm... ZE IS TERUGGGG!!

Gisteren hoorde ik MacKenzie zelfs OPSCHEPPEN tegen haar vriendinnen dat een paar leerlingen van NHH hadden gevraagd waarom ze na amper een maand alweer wegging. Ze had zelfvoldaan gezegd:

'Ik heb gelogen, geroddeld, bedrogen, gemene geruchten verspreid, reputaties kapotgemaakt en chaos geschopt. Mijn werk HIER zit erop!'

Ik bedoel maar! WIE zegt nou zoiets? Alleen een egocentrische, psychotische...

KRANKZINNIGE!!

MacKenzie GEMEEN noemen is echt VEEL te zwak uitgedrukt. Ze is IN- EN INSLECHT, met hairextensions en glitternagellak.

Als iemand per ongeluk aardig is voor MacKenzie, KNIJPT ze hem of haar meteen uit als een CITROEN!

MACKENZIE TOONT HAAR SKILLZ MET CITROENEN!

Ik was net op school voor het eerste lesuur toen ik een briefje van de ADMINISTRATIE kreeg.

Dat maakte me HEEL bang. MacKenzie had pas nog geprobeerd me van school te laten trappen door me vals te beschuldigen van cyberpesten. Het was goed mogelijk dat ze nog MEER drama's bekokstoofde.

Of misschien had de conciërge EINDELIJK door dat mijn BFF's en ik al NEGEN maanden STIEKEM in zijn bezemkast rondhingen.

Dat zou ons een hele week nablijven kosten! ☹

Hoe dan ook, toen ik de secretaresse sprak, kreeg ik verrassend nieuws.

Onze school ontvangt nog een week lang leerlingen van andere scholen die meedoen aan het uitwisselingsprogramma, en ik ben aangewezen als buddy en gids. HEEL FIJN! ☹

Vorige week was ik ZELF op uitwisseling naar North Hampton Hills International Academy. Eigenlijk zou dat de laatste week van het programma zijn, maar kennelijk is het zo'n succes dat het is verlengd, zodat nog meer leerlingen eraan kunnen meedoen.

Helaas was mijn buddy daar een selfieverslaafde

dramaqueen die Tiffany heette.

OMG! Dat kind was echt VALS! Bij haar vergeleken is MacKenzie Dora the Explorer!

TIFFANY BEKLADT MACKENZIES LOCKER EN ZORGT DAT IK DE SCHULD KRIJG!!

Ik zou je DOLGRAAG alle smerige details vertellen, maar DAT is een ander DAGBOEK.

Maar goed. De secretaresse zei dat ik VERPLICHT buddy moet zijn. Dus ik heb geen keus! ☹

Ze zei dat ik alleen maar vriendelijk hoef te zijn en de leerling naar al mijn lessen mee hoef te nemen, vanaf maandag.

Maar vanwege de volle klassen heeft ze mijn gymles en bibliotheekuur tijdelijk omgewisseld en me eerder lunchpauze gegeven. Dus zo te zien zal ik Chloë en Zoey komende week niet veel zien. ☹

Dat is echt ROT, want ik had al gepland om mijn kleine beetje vrije tijd op school volgende week te besteden aan Brandon met zijn Vrolijke Viervoeters-website helpen, onze tournee voorbereiden en met Chloë en Zoey over hun vlogproject brainstormen.

Hoe dan ook, de secretaresse gaf me de naam en het mailadres van de uitwisselingsleerling.

Ik geloof dat ze zei dat ze Annie heette.

Nee, het was... Andrea.

Denk ik.

Ik hoop maar dat ze aardig is.

Met die uitwisselingsleerling, Daisy's training, Brandons Vrolijke Viervoeters-project, de tournee in de zomer EN de YouTube-filmpjes van mijn BFF's wordt mijn rooster voor de laatste schoolweek...

DODELIJK!! ☹

Maar gelukkig zijn mijn CRUSH en mijn BFF's heel begripvol en SUPERbehulpzaam!

Dus WAT kan er nou helemaal MISGAAN?

☺!!

VRIJDAG – 20.00
IN MIJN KAMER

Chloë en Zoey kwamen na school naar mij om te chillen. We bestelden pizza.

Ik bekende aan mijn BFF's dat ik me na al die domme DRAMA's met Tiffany op NHH een beetje zorgen maakte over een hele week met Andrea.

Ik bedoel, stel dat Tiffany en Andrea vriendinnen waren?

Andrea kon ook wel een selfieverslaafde dramaqueen zijn!

Toen kregen Chloë en Zoey echt een BRILJANT idee!

Ze zeiden dat ik een vriendelijke e-mail aan Andrea kon sturen om mezelf voor te stellen VOOR we elkaar op maandag officieel zouden ontmoeten.

Dus dat is precies wat ik deed...

****

Hoi,

Ik ben Nikki en ik ben straks je buddy op Westchester Country Day. Ik kijk ernaar uit om je maandag te ontmoeten. Als je vragen hebt, laat het me dan weten. Ik geef je met alle plezier antwoord (zolang het niet over wiskundehuiswerk gaat).

Doei! ☺

Nikki

****

Zodra ik op 'verzenden' had geklikt, begon ik al te twijfelen.

Stel nou dat Andrea mijn e-mail suf vond, en mij heel onvolwassen voor mijn leeftijd? ☹

Ik was verbaasd toen er ongeveer een kwartier later al een e-mail van Andrea in mijn inbox plopte. Wauw! Dat was SNEL!

****

Hoi Nikki,

Bedankt voor je mail. Ik zie er ook naar uit om jou te ontmoeten.

Eerlijk gezegd ben ik een beetje zenuwachtig voor mijn week op WCD. En nog erger voor de overhoringen bij wiskunde!

Als je tips hebt over wat ik kan doen om op WCD NIET buiten de groep te vallen of mezelf totaal te VERNEDEREN zou ik daar erg blij mee zijn.

A.

****

Hoi A.,

Geen stress! Zoals op de meeste scholen zijn de meeste leerlingen op WCD best aardig. Blijf gewoon uit de buurt van de gemene meisjes en de superirritante jongens, dan komt het wel goed. Geen enkele jongen heeft me uitgelachen om de haren op mijn benen. De laatste tijd. ☺

Ik kan niet wachten om je voor te stellen aan mijn BFF's Chloë en Zoey. En aan Brandon. Hij is mijn crush en EEN SUPERLEKKER DING! Je mag ons wel Branikki noemen. Maar zeg ALSJEBLIEFT niet dat ik dat heb gezegd (LOL). We gaan lekker chillen met z'n allen. Het wordt leuk! ☺

Nikki

****

Hoi Nikki,

Bedankt voor je tips. Ik voel me al een stuk beter. Ik ben blij dat jij mijn buddy bent.

Ik zit nog maar een paar weken op NHH, dus ik heb hier nog geen vrienden gemaakt. Jij hebt geluk dat je vrienden als Chloë, Zoey en Brandon hebt. Ik kan niet wachten om jullie te ontmoeten.

A.

****

Hoi A.,

Het is echt rot om de nieuweling te zijn! En ik spreek uit ervaring!

Ik ben voor deze uitwisseling zelf pas op NHH geweest, dus misschien hebben we elkaar wel gezien in de gang. Ik heb er aardige mensen ontmoet en veel nieuwe vrienden gemaakt. Je moet echt kijken of de natuurkundeclub iets voor jou is! We praten wel verder als je hier bent. Fijn weekend!

Nikki

****

Chloë en Zoey's idee werkte als een trein!

Na onze e-mails is het bijna alsof Andrea en ik elkaar al kennen.

Ze lijkt me heel aardig en ze heeft gevoel voor humor.

Ik kan niet wachten om haar voor te stellen aan de leden van de natuurkundeclub op NHH.

Om Andrea een echt warm welkom te geven, heb ik een HEEL COOL idee bedacht.

Ik heb met knalroze glitter een welkomstbordje gemaakt.

Ze vindt het vast FANTASTISCH!

In elk geval is Andrea GEEN egocentrische, psychotische krankzinnige (zoals sommige andere mensen die ik ken).

Oké, ik geef toe dat ik fout zat!

Zo te zien wordt dit buddyschap toch NIET zo'n gigantische ELLENDE.

Het wordt juist **LEUK!**

En misschien worden we wel ECHT goede vrienden!

☺!!

ZATERDAG 24 MEI – 12.00
IN MIJN ACHTERTUIN

Vandaag was Daisy's eerste gehoorzaamheidstraining met Brandon, en ik kon haast niet wachten.

Omdat hij een paar keer per week als vrijwilliger bij Vrolijke Viervoeters werkt, is hij een uitstekende hondentrainer. Binnenkort is Daisy zonder twijfel de best opgevoede hond van de hele stad!

Misschien kan ik haar zelfs inschrijven voor zo'n SUPERchique hondententoonstelling. Je weet wel, waar snobistische mensen met hun snobistische honden voor een snobistische jury komen opdraven en de winnaar een grote beker krijgt.

Dat kunnen WIJ over een paar maanden zijn!

IEIEIEIEIE! ☺

En dan gaat Brandon met Daisy en mij mee om alles vast te leggen...

DAISY IS DE WINNAAR!!

Daisy en ik zaten in de achtertuin en letten goed op toen Brandon enthousiast uitlegde wat de eerste les inhield...

DAISY'S EERSTE TRAINING VAN BRANDON!

Eerst maakte Brandon de riem aan Daisy's halsband vast.

Om haar aan het lopen te krijgen, bood hij haar vanaf een paar meter verderop een hondensnoepje aan.

Het was mijn taak om langzaam de tuin rond te lopen met Daisy aan de lijn, terwijl zij Brandon en zijn snoepjes volgde.

Als Daisy hem rustig volgde, prees hij haar en beloonde hij haar met nog meer lekkers.

Maar als ze afgeleid werd of aan de lijn begon te trekken, bleef ik stilstaan tot ze zich niet meer misdroeg.

Daisy had het heel snel door.

Al snel liep ze als een pro de hele achtertuin rond aan haar riem.

Tot ze het saai begon te vinden en besloot dat ze liever met een EEKHOORN wilde spelen...

DAISY PROBEERT VRIENDEN TE WORDEN MET EEN EEKHOORN

Mijn gekke hond joeg die eekhoorn in rondjes om ons heen, totdat...

HET EEN... INGEWIKKELDE TOESTAND WERD VOOR BRANDON EN MIJ!

'STOUTE HOND, DAISY! STOUTE HOND!' riep ik.

'NEE, DAISY! NEE!' wees Brandon haar streng terecht.

Maar ze zat ons daar maar onschuldig aan te staren met haar grote bruine puppyogen, alsof ze geen flauw idee had hoe we aan elkaar vast waren komen te zitten.

OMG!

Het was echt GÊNANT!

En OPWINDEND!

En LEUK!

En best wel ROMANTISCH!

We konden ons lachen niet inhouden, zo belachelijk zagen we eruit toen we uit Daisy's riem los probeerden te komen.

Ondanks het eekhoornFIASCO vonden we allebei dat Daisy een slimme hond was en dat ze goed aan de riem had leren lopen.

Bij onze volgende training zal Brandon Daisy de commando's 'zit' en 'blijf' leren.

Ik hoop dat die les net zo ~~leuk en romantisch~~ interessant en leerzaam wordt als de les van vandaag.

IEIEIEIEIE!!

☺!!

ZATERDAG – 15.00
IN MIJN KAMER

Toen Brandon weg was, besloot ik mijn geschiedenishuiswerk af te maken.

Ik zat op mijn kamer toen er iemand op de deur klopte. Ik dacht dat het Brianna was.

'Nee, Brianna! Je mag geen *Prinses Suikerpruim* spelen op mijn mobiel!' riep ik. 'Ik zit huiswerk te maken!'

Mijn vader deed de deur open en stak zijn hoofd naar binnen. 'Ik ben het, Nikki. Ik moet op het sociale medium zijn. Kun je me helpen?'

'Het sociale medium? Waar heb je het over, papa?' vroeg ik.

'Je weet wel, de Instachat, de Snapgram, de Facehyves en het Tweeteren! Dat wil ik allemaal doen met mijn bedrijf Maxwells Ongediertebestrijding!' zei hij, terwijl hij op mijn bed ging zitten. ONGEVRAAGD!!

MIJN VADER VRAAGT HULP BIJ HET INTERWEB?

Mijn moeder zit op Facebook om contact te houden met haar middelbareschoolvriendinnen en MIJ te vernederen door ZONDER TOESTEMMING foto's van mij te plaatsen.

Maar mijn vader? Die luistert nog naar sportverslagen op een ouderwetse RADIO op batterijen.

'Ik moet het interweb, eh... ik bedoel internet op, om meer klanten te krijgen,' legde hij uit. 'Ik wil lid worden van al die populaire sites, zoals Bookface en Instagrammy. Ik moet verbinding zoeken en mijn vinger aan de pols van de jeugd houden.'

Toen ik mijn vader de namen van al die sociale media hoorde VERMOORDEN, betwijfelde ik of er nog wel een polsslag WAS. Geen wonder dat hij ze niet kon vinden. Ik schoof mijn geschiedenishuiswerk aan de kant en pakte zijn laptop.

Terwijl hij toekeek, googelde ik 'populaire sociale media' en klikte een link naar een website aan. Binnen een paar seconden verscheen er een lijstje met links naar alle populaire sites die hij verhaspeld had.

'Alsjeblieft, papa,' zei ik, terwijl ik zijn laptop aan hem teruggaf.

'Dankjewel, Nikki!' Hij straalde. 'Ik ben heel blij met je hulp! Weet je wat? Dit is voor jou!'

Hij haalde zijn portemonnee tevoorschijn en gaf me iets wat ik eerst voor papiergeld aanzag! ☺ Maar helaas. Het waren cadeaubonnen. ☹ Vier vette poen-cadeaubonnen voor pizzeria Queasy Cheesy, om precies te zijn. 'Goed voor één GRATIS pizza en een grote frisdrank op zaterdag tussen 13.00 en 15.00 uur.'

'Bedankt, papa,' zei ik met een glimlach.

Ik vermoedde dat hij die bonnen van de eigenaar had gekregen omdat hij de tent ongediertevrij had gemaakt. Maar omdat ik daar misschien nog ging ETEN, wilde ik de smerige details liever niet weten.

Ach, ik kon die cadeaubonnen altijd nog verkopen op het INTERWEB, voor vette poen. Toch, papa?

☺!!

ZONDAG 25 MEI – 16.30
IN MIJN KAMER

Vandaag regende het knetterhard! Wat betekende dat ik in huis zat opgesloten, samen met mijn GESTOORDE familie! ☹

Ik besloot een paar heerlijke uurtjes door te brengen in bed, met mijn dagboek om in te schrijven (over je weet wel wie!) en wat chocola om op te knabbelen.

Dus haalde ik mijn geheime snoepvoorraad tevoorschijn! ☺

Die moet ik goed verborgen houden, want anders heeft Brianna alles in nog geen minuut naar binnen gepropt.

Ja! Dat heb ik haar echt zien doen!

TWEE KEER! ☹

Mijn moeder wilde zeker ook zo veel mogelijk van de regenachtige dag profiteren. Dus had ze besloten dat we behoefte hadden aan wat 'familietijd'.

'Het is hoog tijd voor een spelletjesmiddag!' kondigde ze vrolijk aan toen we klaar waren met de lunch...

MIJN MOEDER KONDIGT EEN SPELLETJESMIDDAG AAN!

Er was zeker niemand klaar voor 'DIKKE VETTE PRET!' want plotseling was het zo stil in de keuken dat je de regen buiten in het afvoerpuntje kon horen klateren.

Bij nader inzien kwam dat geluid van Brianna, die gulzig een glas Prinses Suikerpruim-limonade naar binnen KLOKTE.

'Wat jammer dat ik nou net niet mee kan doen, lieverd!' riep papa. 'Want de grote kampioenswedstrijd begint zo!'

'Geldt ook voor mij, mama! Ik zou DOLGRAAG een spannend bordspel met je doen!' loog ik. 'Maar mijn FAVO realityprogramma, *Mijn Steenrijke en Ordinaire Leven*, begint zo, en het is de grote finale!'

Zodra mijn vader en ik van tafel opstonden, wierp mijn moeder ons haar boze als-je-verstandig-bent-ga-je-weer-met-je-kont-op-die-stoel-zitten-blik toe.

Dus gingen we natuurlijk snel weer zitten.

Het is NOOIT een goed idee om mama boos te maken.

Zoals het oude gezegde luidt: 'Als moeder niet gelukkig is, is NIEMAND gelukkig!'

Wat eigenlijk een nieuwe, trendy versie is van het nog oudere gezegde: 'Gedeelde smart is HALVE smart!'

'YES! Het is spelletjesmiddag!' juichte Brianna. 'Ik ga een HEEL leuk spel halen! Ben zo terug!'

Als een doorgewinterde cipier begeleidde mijn moeder mijn vader en mij naar de woonkamer.

Ik dacht bijna dat ze ons met handboeien aan de bank zou vastketenen zodat we geen gevaarlijke misdaden konden begaan, zoals de tv aanzetten.

Ongeveer vijf minuten later kwam Brianna de kamer weer binnenhuppelen met een plastic zak achter haar rug en een oude pizzadoos volgekladderd met vingerverf en glitter.

'Kijk eens! Ik heb ZELF een spel gemaakt! Het heet Brianna's Leukerste Spel Ooit! Jullie vinden het vast GEWELDIG! Mogen we dit spelen? Mag het, mama? ALSJEBLIEIEIEFT?' zeurde Brianna...

BRIANNA'S LEUKERSTE SPEL OOIT!

'We willen jouw spel HEEL graag spelen, lieverd!' Mijn moeder glimlachte. 'Dat wordt LEUK!'

Brianna deed haar pizzadoos open.

Erin zat een handgemaakt speelbord met onregelmatige vakjes en kleurrijke krijtkrabbels, die helemaal NERGENS op sloegen!

Ik zag niet welke kant ik uit zou moeten of waar de eindstreep was.

Het zag eruit alsof ze een stel krijtjes had FIJNGEKAUWD en ze daarna op het papier had uitgespuugd. Met haar ogen dicht.

'Oké! Ik ben de spelleider,' kondigde Brianna aan. 'Papa, jij bent de paperclip, en mama, jij het muntje.'

Ze gaf ze hun pionnen.

'Tof! Dan ben ik die schattige barbieschoen!' zei ik, en ik pakte glimlachend een glinsterend hooggehakt schoentje.

'NEE-HEE!' gromde Brianna, en ze rukte het uit mijn handen. 'Die is voor MIJ! Vergeet niet dat dit MIJN spel is! Ik heb het gemaakt, dus IK ben de BAAS!'

Toen stak ze haar tong naar me uit.

Ik sloeg mijn armen over elkaar en keek haar boos aan.

'Waar moet ik je spel dan mee spelen? Er is niets meer over!' mopperde ik.

Brianna keek nog eens in de doos en inderdaad waren er geen pionnen meer over.

Maar ze haalde gewoon haar schouders op, alsof dit NIET haar probleem was!

Toen kreeg ik een BRILJANT idee!

'O, NEE! Dan kan ik toch je spel niet spelen, Brianna! Wat JAMMER nou!' pruilde ik zogenaamd, alsof ik bijna moest huilen. 'Dan moet ik maar naar de finale van *Mijn Steenrijke en Ordinaire Leven* gaan kijken, terwijl jullie lekker LOL hebben! Maar daar kom ik wel weer overheen. DOEI!'

'Hé! Wacht even!' Met een grijns pakte Brianna een schimmelig plakje worst, dat onder in de doos zat vastgeplakt. 'Hier, Nikki! DIT is jouw pion!'

'Ik wil dat gore ding niet!' gilde ik.

'Maar het is juist de BESTE!' riep Brianna. 'Als je honger krijgt en iets wilt eten, kun je erop kauwen! En als je dan weer aan de beurt bent, leg je hem gewoon terug op het speelbord. Ik durf te wedden dat je er uren op kunt kauwen! Net als op kauwgom.'

Toen moest ik een klein beetje overgeven in mijn mond.

'MAMA?' jammerde ik, terwijl ik wachtte tot ze in zou grijpen.

'Nikki, je VERPEST het nu voor iedereen!' zei mijn moeder. 'Brianna heeft heel hard aan dit spel gewerkt, dus zing eens een toontje lager! Pak gewoon dat plakje worst en wees een beetje sportief, oké?'

Met tegenzin pakte ik de GORE worst, probeerde de donzige schimmel niet aan te raken en liet hem in het startvakje vallen, waar 'STAT' bij stond.

'Jij mag eerst, mama,' zei Brianna.

Mama gooide met de dobbelsteen en ging vier plaatsen vooruit.

'En nu komt het leuke,' kraaide Brianna. Ze haalde een stapel kaartjes tevoorschijn, die met zwarte stift beschreven waren in haar slordige handschrift. 'Je moet doen wat op het kaartje staat!'

Maar in plaats van het bovenste kaartje van de stapel te pakken, ging Brianna er snel doorheen tot ze er een vond die haar beviel.

'Hier, mama. Dit is JOUW kaartje!'

Mama las het kaartje...

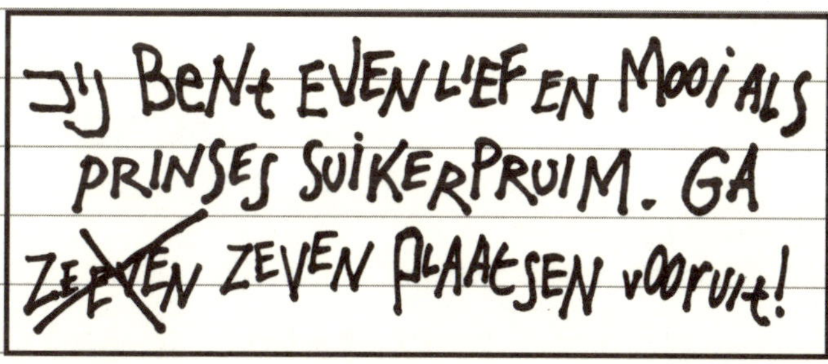

'Wat lief!' Mijn moeder glimlachte en zette haar muntje zeven stukken vooruit. 'Wat een LEUK spel!'

'Oké, papa. Jij bent!' kwetterde Brianna.

Mijn vader gooide en ging vijf plaatsen vooruit.

Toen koos Brianna een kaartje. Mijn vader las...

VandAAG IS JOU ~~GLUKS~~ GELUKSDAG!
DANS DE HOKEY POKEY EN GA ZES
PLAATSEN VOORUIT!

'Woe-hoe!' riep mijn vader. Hij sprong overeind en deed een versie van de hokey pokey waar ook een stukje van de vogeltjesdans en een paar moves uit een clip van Justin Bieber in voorkwamen.

Blèh!

Nu kan ik nooit meer genieten van die clip zonder aan mijn vaders hokey pokey te moeten denken!

Toen was IK aan de beurt.

Ik gooide de dobbelsteen en ging drie plaatsen vooruit.

'O-o!' zei Brianna, toen ze het kaartje las dat ze voor mij had uitgekozen.

Ze gaf het aan mij en ik las het hardop voor...

> JIJ BENT LELIJK EN JE EET UIT JE NEUS! BEURT OVERSLAAN! SORRY!

'WAT?' schreeuwde ik. 'Dat is NIET EERLIJK! Waarom moet ik de lelijke, neuspeuterende... LOSER zijn?'

'Omdat het MIJN spel is en IK de REGELS bepaal!' zei Brianna verwaand, met haar hand op haar heup.

'Oké, BEST!' mopperde ik. 'Ik dacht dat dit LEUK zou worden!'

Ik was ZO klaar met Brianna's STOMME spel!

'Hé iedereen, NU ben IK aan de beurt!' giechelde Brianna. Ze gooide met de dobbelsteen en zette haar barbieschoen drie plaatsen vooruit.

'Nu krijg ik een kaartje!' zei ze, terwijl ze snel door de stapel ging tot ze er eentje vond die ze leuk vond.

'O, JOEPIE! Op mijn kaartje staat...'

JIJ BENT DE GOEDSTE SPELER
EN JE MAG DRIE DINGEN UIT
DE PRIJZENSNOEPPOT HALEN
GEFELICITEERD!

'WELKE prijzensnoeppot?' riep ik uit.

'DEZE!' antwoordde Brianna terwijl ze de plastic zak pakte en hem opendeed.

Ik kreeg zowat een...

HARTAANVAL!

Mijn DIERBARE snoepvoorraad zat erin!!!

DIE ONHANDELBARE KLEINE DIEF WAS STIEKEM MIJN KAMER INGESLOPEN EN HAD MIJN HELE SNOEPVOORRAAD GESTOLEN?

'ECHT NIET!' protesteerde ik. 'Ik HAAT dit WAARDELOZE spel. GEEF MIJN SNOEP TERUG, BRIANNA!'

'Ach, kom op, Nikki! Het is maar snoep. Je kunt altijd nog meer halen!' wees mijn vader me terecht. 'Laten we gewoon proberen lol te hebben met je zusjes spel!'

'Vind ik ook! Dit is een mooie kans voor jou om Brianna het goede voorbeeld te geven. Dus probeer nu geen SLECHTE VERLIEZER te zijn!' zei mijn moeder.

Geen wonder dat ik totaal geen zin meer had in dit hele gedoe.

Elke keer dat het MIJN beurt was, kreeg ik een stom kaartje waarop zoiets stond als...

JIJ HEBT VLOOIEN MAAR
GEEN VLOOIENBAND! GA
NAAR DE GEVANGENIS!
SORRY!!! ☹

Of...

JIJ STINK HEEL ERG EN JE
MOET IN ~~BAT~~ BAD! GA TERUG
NAAR ~~STAT~~ START EN SLA EEN
BEURT OVER. SORRY!!!!! ☹

En steeds als Brianna aan de beurt was, mocht ze nog meer eten van MIJN snoep. Ik zat die drie daar VUIL aan te staren, met totale WEERZIN! Ik kon niet geloven dat mijn BLOEDEIGEN ouders me DWONGEN toe te kijken hoe mijn lastige zusje mijn snoep VERSLOND, tijdens de finale van *Mijn Steenrijke en Ordinaire Leven*!

Ik kwam enorm in de verleiding om ze bij de politie aan te geven voor KINDERMISHANDELING!! ☹

Eindelijk had Brianna een slim plan bedacht om mijn EIGENDOMMEN in haar SMOEZELIGE handjes te krijgen!

Tegen het einde van het spel had mijn zusje bijna de helft van mijn snoep op! Haar handen en gezicht zaten onder de chocola en ze leek een beetje misselijk...

'Oeps! Ik geloof dat dit spel volledig uit de hand is gelopen!' zei mijn moeder een beetje blozend.

Mijn vader tilde Brianna op. 'Je hebt veel te veel gesnoept, jongedame. Ik denk dat je even naar bed moet om die buikpijn te laten genezen.'

'Maar ik wil doorspelen!' jengelde ze met een zwak stemmetje. 'Ik mag NOOIT zoveel van Nikki's SNOEP ETEN als ik wil!'

AHA!

Precies zoals ik al dacht!!

Dat hele spel van Brianna draaide om mijn snoepvoorraad, en mijn ouders waren erin getrapt.

Ik moet het Brianna nageven: ze is een boosaardig genie met staartjes en roze My Little Pony-sneakers!

Maar ik weiger medelijden met haar te hebben.

Bij de volgende spelletjesmiddag gaan we een spel spelen dat IK op MIJN manier heb, eh... VOORBEREID!

Mijn bordspel gaat BROCCOLIOPOLY heten. En ik stop er AL het eten in dat Brianna HAAT!!

Kijk maar uit, zusje!

Ik zet het je groots en groen BETAALD! En mijn wraak zal GEZOND zijn!

Ik kan niet wachten om Brianna een speciaal kaartje te geven waarop staat...

Vandaag is je geluksdag!
Je mag twee liter groene smoothie drinken! Sorry! ☹

En wie weet! Als ik me heel WRAAKLUSTIG voel, gooi ik er misschien ook nog wat schimmelige WORST in, voor extra smaak!

Maar goed. Aangezien *Mijn Steenrijke en Ordinaire Leven* nu al afgelopen is, kan ik net zo goed proberen het huiswerk af te maken dat ik al het hele weekend voor me uit schuif.

Ik zie er zowaar naar uit om morgen weer naar school te gaan.

Dan leer ik eindelijk de uitwisselingsleerling van NHH kennen, Andrea.

Het wordt zo LEUK!

IEIEIEIEIE!!

☺!!

MAANDAG 26 MEI – 12.15
IN DE MEISJES-WC'S

Eigenlijk had ik tijdens de middagpauze afgesproken met Chloë, Zoey en Brandon, om ze te helpen met hun projecten.

Chloë en Zoey willen volgende week alvast wat vlogs opnemen om te oefenen.

En Brandon moet de donatiepagina van Vrolijke Viervoeters online zien te krijgen voor hun jaarlijkse inzamelingsactie, die op 5 juni begint.

Maar helaas moest ik afzeggen, want ik heb nu al eerder lunchpauze en ik moest om 12.00 uur de uitwisselingsleerling ontmoeten. En aangezien dit buddygedoe VERPLICHT is, had ik geen keus.

Om 12.00 uur pakte ik mijn welkomstbordje en rende ik naar de administratie.

Ik wachtte vlak voor de deur.

Maar het werd al heel snel duidelijk dat ik een ENORME fout had gemaakt. HOE kon ik per ongeluk zoiets simpels als een NAAM fout hebben?

De uitwisselingsleerling heette NIET Andrea!

HIJ HEETTE ANDRÉ!

Ik kon hem alleen maar in shock aanstaren, met mijn mond wijd open, en ik flapte eruit:

'OMG! Je bent een JONGEN?'

Natuurlijk voelde ik me SUPERSTOM nadat ik dat had gezegd.

Ik voelde mijn gezicht rood worden van schaamte.

Hij glimlachte breed naar me en knikte.

'Ja, Nikki. Ik ben een jongen. Het spijt me als je een beetje teleurgesteld bent.'

'NEE! Dat ben ik n-niet!' hakkelde ik. 'Het zou STOM zijn om teleurgesteld te zijn omdat jij een jongen bent! Eh, ik bedoel... als IK dat was. Ik zeg niet dat JIJ stom bent als je dat zou vinden. Want de meeste jongens zijn dat... ik bedoel, NIET! Eigenlijk bedoel ik, eh... ligt het aan MIJ of is het hier echt zo WARM?'

Plotseling leunde André naar voren en staarde naar mijn welkomstbordje...

ANDRÉ ZIET MIJN BORDJE

Ik probeerde de verkeerd gespelde naam te verbergen en te doen alsof er niets aan de hand was...

Maar vanbinnen FLIPTE ik totaal!

OMG! Ik kon NIET geloven dat ik een JONGEN al die ZEER persoonlijke dingen over mijn beenhaar, mijn crush en 'Branikki' had gemaild.

STEL dat hij het doorvertelt aan de HELE school? ☹ Of erger, STEL dat hij het doorvertelt aan MIJN hele school en aan de ZIJNE? ☹ Mijn reputatie zou nog SNEUER worden dan die al is. De roddels zouden me achtervolgen tot mijn eindexamen en de mooiste jaren van mijn leven totaal verpesten.

Plotseling merkte ik dat André me aanstaarde.

'Eh... is alles oké?' vroeg hij.

Ik plakte een nepglimlach op mijn gezicht en zei heel vrolijk: 'André, wat leuk om je eindelijk te ontmoeten. Ik hoop dat je een fijne week zult hebben op Westchester Country Day Middle School. Ben je klaar voor je rondleiding?'

Dit is wat ik over hem te weten kwam. Andrés vader is Frans en werkt voor de Verenigde Naties, en zijn moeder is een Amerikaanse journalist. Zijn moeder en stiefvader wonen hier, en zijn vader heeft hier een huis en een in Parijs. Hij zei dat hij in het Louvre een speciaal programma voor slimme leerlingen heeft gevolgd en dat hij me DOLGRAAG de stad laat zien als ik ooit in Parijs kom.

Toen gebeurde er iets VREEMDS. André staarde me zo'n beetje aan en vroeg of hij me Nicole mocht noemen in plaats van Nikki. Hij zei dat Nicole een populaire naam is in Frankrijk, dat het een mooie, intrigerende naam is die 'zegevierend' betekent en zoveel beter bij me past.

OMG! Ik moest zo hard blozen dat ik bijna STIERF door de plotselinge daling van mijn bloeddruk.

'Eh... tuurlijk, André! Eigenlijk IS mijn echte naam ook Nicole,' zei ik enthousiast, en ik giechelde.

André lijkt bijna... PERFECT! Perfect als in: regelrecht weggelopen uit een van Chloës tienerromannetjes.

Ik weet niet wat ik HAD. Toen hij me naar mijn favoriete vak vroeg, was mijn hoofd totaal leeg.

En de code van mijn locker wist ik ook niet meer.

Ik zocht naar mijn telefoon om zijn nummer op te kunnen slaan, terwijl ik die gewoon in mijn hand had.

En toen vroeg ik heel beleefd of André even in de bibliotheek wilde wachten (ik wist de bibliotheek ALLEEN te vinden omdat we er recht voor stonden), terwijl ik in de meisjes-wc aan de overkant van de gang ging kijken of ik mijn HERSENEN daar soms had laten liggen!

Ja! Dat zei ik echt: mijn **HERSENEN!** Want misschien had ik ze per ongeluk door de plee gespoeld toen ik daar eerder op de dag was. Want op dit moment ben ik duidelijk HERSENLOOS bezig!! ☹

Dus ging ik snel naar de meisjes-wc's om te proberen mezelf bij elkaar te rapen, want ik STORTTE TOTAAL IN! Ik gaf mezelf een peptalk: Gewoon rustig blijven. Je kunt dit best. Haal diep adem en herhaal:

'IK KAN DIT! IK KAN DIT!
IK KAN DIT! IK KAN DIT!'

Geweldig. Kijk nu jezelf aan in de spiegel en zeg nog één keer:

IK KRIJG EEN ERNSTIGE ZENUWINZINKING!!

En om alles NOG erger te maken, kreeg ik net een heel belangrijke e-mail.

Maar ik durf hem niet te lezen.

Ik ben SUPERzenuwachtig en zit totaal in de stress! Maar ik voel me vooral... VERPLETTERD!!

Uit wanhoop stuurde ik Chloë en Zoey een berichtje:

NIKKI: HEEEEEEEEEEEEELP!! ☹
Ik ben compleet mijn verstand verloren! En ik had er maar één, dus ik ga het nu zoeken. Maar als mijn verstand bij jullie langskomt voor ik het vind, doe me dan een lol en sluit het op in de bezemkast tot ik terug ben.

ZOEY: ?????

CHLOË: Ben je gek geworden?

NIKKI: Waarschijnlijk wel! Heb een belachelijk leuke gast in de bieb laten zitten om in de wc's tegen mezelf in de spiegel te SCHREEUWEN! Ben zo terug. Check ff of verloren hersenen in wc liggen.

CHLOË: ???????

ZOEY: ???????

NB: NIET VERGETEN!!

NIET de mail lezen die je net hebt gekregen van madame Danielle, lerares Frans aan NHH, met het onderwerp 'BESLISSING STUDIEREIS KUNST & CULTUUR NAAR PARIJS'.

WAAROM NIET?

Omdat mijn HOOFD gaat ONTPLOFFEN als ik nu nog meer DRAMA'S te verwerken krijg!!

En het zou echt een AFGANG zijn als mijn hoofd op school ontploft, waar alle leerlingen bij zijn.

Alle leerlingen en, eh... André.

☹!!

MAANDAG – 14:30
BIJ MIJN LOCKER

Ik ben bijna twee uur bezig geweest met een volledige rondleiding door WCD voor André.

Anders dan sommige andere leerlingen van NHH lijkt hij best aardig en heeft hij gevoel voor humor.

We kunnen het goed met elkaar vinden, en wat denk je? WE ZIJN ALLEBEI GEK OP KUNST!

Alleen word ik SUPERZENUWACHTIG van hem!

Ik weet niet waarom. Dat... GEBEURT gewoon!!

André heeft nog geen kans gehad om andere leerlingen te leren kennen.

Maar na mijn rare berichtjes kunnen Chloë en Zoey niet WACHTEN om HEM te leren kennen.

Alleen al het afgelopen uur hebben mijn BFF's me meer dan twaalf keer geappt.

Mijn telefoon maakte zoveel herrie dat ik het geluid maar uitzette.

Ik kon niet geloven dat ze me smeekten een selfie met André te maken en die aan hen te STUREN zodat ze zouden kunnen 'zien wat een HUNK hij is!'

Sorry, Chloë en Zoey! ☹ Maar ik ken die jongen nog maar iets van vijf minuten.

Ik ga mezelf NIET voor schut zetten door te zeggen: 'Eh, André, kunnen we even samen een selfie maken? Mijn BFF's kunnen niet WACHTEN om te zien wat een HUNK jij bent!'

Kom op, zeg! Hoe KINDERACHTIG zou dat zijn?

In elk geval waren Chloë en Zoey niet al te boos toen ik zei dat ik vandaag niet kon komen helpen met hun vlogproject.

Toen André en ik klaar waren met de rondleiding, liet ik hem zijn locker zien en zei ik dat hij me een berichtje kon sturen als hij nog vragen had.

Hij moest eerder weg van school omdat hij naar de tandarts moest, dus liep ik met hem mee naar de hoofdingang.

Ik dacht dat zijn vader voor school op hem stond te wachten, maar hij zei dat het zijn chauffeur was!

Ja! De jongen zit nog op school en heeft al zijn eigen CHAUFFEUR!

Dat is toch niet te geloven?

Moet wel FIJN zijn!!

We spraken af om elkaar morgenochtend bij mijn locker te zien en dan samen naar de les te gaan.

Toen André weg was, besloot ik die e-mail over de reis naar Parijs in augustus te lezen. Eigenlijk zou ik volgende week pas horen of ik mee mocht, maar ik wist vrij zeker dat dit een dikke vette AFWIJZING zou zijn!

Maar als mijn hoofd nu ontplofte, was alleen MacKenzie in de buurt, en haar kon het toch geen klap schelen.

Tenzij er natuurlijk een klein beetje van mijn hoofd op haar schoen zou spatten. In dat geval zou ze compleet flippen!

Ik hield mijn adem in en las zenuwachtig de e-mail: 'Beste Nikki, bla, bla, blabla, blabla...'

IK LEES ZENUWACHTIG DE E-MAIL

IK MOCHT MEE OP REIS!!

Helaas kreeg ik geen kans om de HELE mail te lezen, omdat ik heel ONBESCHOFT werd onderbroken.

Raad eens door wie?

MacKenzie!! ☹

'Dat is dan zeker een zakenreis met je familie? Ik wist niet dat ze in Parijs last hadden van KAKKERLAKKEN!' giechelde ze.

Oké, ja. Mijn vader heeft een ongediertebestrijdingsbedrijf. Boeien!

Maar waarom moest die meid nou zulke NARE beledigingen rondstrooien?

Ik HAD het niet eens tegen haar! ☹

Toen staarde ik MacKenzie plotseling geschrokken aan.

'OMG!! MACKENZIE!! JE... NEUS!!' zei ik, happend naar adem. 'Niet te geloven. Je NEUS!'

Ze voelde meteen in paniek aan haar neus.

'WAT IS ER MET MIJN NEUS?'

'DIE ZIT WEER IN MIJN ZAKEN!' riep ik. 'ALSJEBLIEFT! STEEK JE NEUS TOCH NIET STEEDS IN MIJN ZAKEN!'

MacKenzie rolde alleen maar met haar ogen naar me. 'Let maar liever op je eigen gezicht dan op mijn neus, Nikki. Jij hebt zo'n SCHIJTKOP dat honden aan je GEZICHT gaan snuffelen als ze je voor het eerst zien! Ik weet dat je JALOERS op me bent, Nikki, maar HAAT ME niet omdat ik mooi ben!'

'Denk je nou echt dat ik jaloers op jou ben, MacKenzie? Je hebt NEPhaar, NEPnagels, NEPwimpers en een NEPkleurtje! Ik kan jouw schoonheid voor een PRIKKIE kopen bij de rommelwinkel!'

'Ach, treur maar niet TE erg, Nikki! Je kunt die foto's van je gezicht nog altijd FOTOSHOPPEN!'

'Voor mij is er ten minste nog hoop, MacKenzie. Maar jouw SCHIJTKARAKTER kun je helaas niet fotoshoppen! Gelukkig is je vader rijk! Dus misschien kun je vragen of hij een nieuw karakter voor je verjaardag KOOPT?'

En toen negeerde MacKenzie me totaal.

Ze keek in haar spiegel en smeerde iets van vier lagen glinsterende Pretty Peach-lipgloss op.

Toen gooide ze haar haar naar achteren, rolde nog een keer met haar ogen en liep HEUPWIEGEND weg.

Ik HAAT het als MacKenzie HEUPWIEGT!

MacKenzie is ZOOOO irritant!

Door haar kan ik wel...

GILLEN!!

Maar in plaats over MacKenzie na te denken, richtte ik me op mijn GEWELDIGE plannen voor de zomer!

Die waren zo OPWINDEND dat zelfs MacKenzie er GROEN van jaloezie door zou worden!

JUNI: Eh... had ik al gezegd dat ik in juni jarig ben?

JULI: Ik ga in juli op tournee met mijn BFF's.

AUGUSTUS: In augustus ga ik naar Parijs.

SEPTEMBER: En dan ga ik in september naar de volgende klas!

Ik was NIET van plan om mijn goede humeur te laten VERPESTEN door MacKenzies rare VALSE-MEIDENSTREKEN!

Bovendien had ik wel iets anders aan mijn hoofd. Ik zag mezelf al selfies maken in PARIJS!

IK IN PARIJS

Dit wordt de BESTE zomer van mijn HELE leven!! ☺!!

DINSDAG 27 MEI – 06.45
IN MIJN KAMER

OMG! Ik heb eindelijk die HELE e-mail gelezen! ☹

En nu heb ik een HEEL groot probleem!

Of eigenlijk is GROOT nog VEEL te zacht uitgedrukt. Het is...

GIGANTISCH!

Dit is mijn probleem...

IK HEB DIE REIS NAAR PARIJS GEKREGEN!! ☹

Ik weet het. Dat ZOU echt GOED nieuws moeten zijn.

Ik zou mijn blije Snoopy-dans boven op mijn bed moeten doen, in plaats van hier SUPERdepressief naar de muur te liggen staren en te MOKKEN.

Ik herlas de mail die ik van madame Danielle had gekregen voor de VIJFDE keer...

VAN: Madame Danielle
AAN: Nikki Maxwell
ONDERWERP: Besluit studiereis Kunst & Cultuur naar Parijs

Beste Nikki,

Gefeliciteerd! Jij bent uitgekozen om deel te nemen aan de studiereis Kunst & Cultuur naar Parijs (Frankrijk), dit jaar gesponsord door North Hampton Hills International Academy.

Binnenkort ontvang je je aanmeldingspakket voor de reis. Let op: om je plek in het programma te reserveren, moet het toestemmingsformulier voor ouders in de bijlage van deze mail uiterlijk woensdag 11 juni ondertekend worden ingeleverd.

Tot ons genoegen kunnen we je meedelen dat we de reis hebben verlengd van tien naar veertien dagen. Om dit mogelijk te maken, vindt de reis dit jaar plaats van 7 juli tot en met 20 juli. Als je nog vragen of opmerkingen hebt, aarzel dan niet om contact op te nemen.

Met vriendelijke groet,
Madame Danielle

Ik hoopte dat ik de reisdata op een of andere manier gewoon verkeerd gelezen had.

Maar niet dus!

Mijn reis naar Parijs staat gepland voor twee weken in juli, precies halverwege mijn BAD BOYZ-tournee!

NEEEEEEEEEE!! ☹

Dat was ik, terwijl ik GILDE.

Ik kan niet geloven dat ik zal moeten kiezen tussen die twee dingen: PARIJS of de TOURNEE! ☹ Dat wordt een bijna ONMOGELIJKE keuze!

Voor mij zijn die twee weken Parijs de kans van mijn leven om kunst te bestuderen in het wereldberoemde museum het Louvre.

Maar de Bad Boyz-tournee wordt een geweldige ervaring voor mijn vrienden en mij! En ik weet zeker dat het goed is voor de populariteit van onze band.

Ik denk dat ik dit met Brandon, Chloë en Zoey moet bespreken, want het gaat hen ook aan.

Maar ik weet vrij zeker dat ze gewoon zullen zeggen dat ik mijn hart moet volgen.

Wat ik ook kies, ik denk dat ze me zullen steunen.

Ik heb zoveel GELUK met vrienden zoals zij!

OMG!

Dit is de moeilijkste beslissing die ik in mijn hele leven heb moeten nemen.

☹!!

DINSDAG – 15.35
OP SCHOOL

Mijn dag met André draaide uit op een heel CIRCUS!

Toen ik hem vanochtend aan Chloë en Zoey voorstelde, verloren ze zo ongeveer hun verstand.

'André, dit zijn mijn BFF's, Chloë Garcia en Zoey Franklin,' zei ik.

'Hoi, Chloë en Zoey, wat leuk om jullie te leren kennen!' zei André, terwijl hij hun een hand gaf. 'Een BFF van Nicole is een BFF van mij!'

'Hoi, André!' zei Chloë, terwijl ze heel snel met haar wimpers knipperde, alsof haar lenzen helemaal uitgedroogd waren of zo.

'Leuk om je te leren kennen, André!' fluisterde Zoey zowat, en ze begon hysterisch te giechelen.

Ik wist niet wat mijn vriendinnen bezielde. WAAROM deden ze zo raar?

'Oké, André, ben je klaar om naar onze eerste les te gaan?' vroeg ik.

'Ik loop ook mee, als jullie het niet erg vinden,' giechelde Chloë.

'Ik ook!' piepte Zoey.

En toen zag ik dat er een hele kudde meisjes, onder wie MacKenzie, stond te giechelen en André aan te staren.

MacKenzie glimlachte breed naar André en zwaaide. 'Hoi, ik ben MacKenzie Hollister! Welkom op WCD. Als je iets nodig hebt, wat dan ook, bijvoorbeeld een KNAPPE, schattige en modieuze vriendin om iets leuks mee te doen, laat het MIJ dan weten!'

Nou, over schattig en modieus had ze in elk geval gelijk.

Niet te geloven hoe ze haar haar om haar vinger stond te winden in een schaamteloze poging hem te hypnotiseren en in haar BOOSAARDIGE macht te krijgen (die stunt had ze ook bij Brandon uitgehaald!).

MACKENZIE FLIRT MET ANDRÉ

Overal waar we kwamen, stonden meisjes te staren, te giechelen en te fluisteren.

Je kunt volgens mij wel zeggen dat André een ZEER populaire jongen op mijn school was.

Het was ZO gênant!

Ik zei zelfs een paar keer sorry voor al dat kinderachtige gedoe.

Maar André glimlachte alleen maar en liet het van zich afglijden. 'Geen probleem, Nicole. Vandaag ben ik nieuw. Maar morgen NEGEREN ze me vast alweer, net zoals op North Hampton Hills,' grapte hij.

Helaas werd alles bij bio een beetje gespannen.

De leraren hadden André toestemming gegeven om bij alle lessen naast mij te zitten, omdat hij te gast was.

Maar toen Brandon André op ZIJN plek zag zitten, staarde hij hem aan met een blik die ik nog nooit eerder bij hem had gezien...

BRANDON ONTMOET ANDRÉ

Brandon keek naar mij en toen naar André, toen weer naar mij en weer naar André, en ten slotte weer naar mij, alsof hij wilde zeggen...

NIKKI, **WIE** IS DIE GAST EN **WAAROM** ZIT HIJ OP **MIJN** STOEL?

Eindelijk schraapte de lerares haar keel. 'Meneer Roberts, kunt u alstublieft even een andere stoel zoeken, nu André deze week bij ons te gast is?'

'Eh... natuurlijk!' Brandon haalde zijn schouders op en ging op de enige vrije plek zitten. 'Hé bro, welkom op WCD,' mompelde hij zo'n beetje.

Om de een of andere reden had ik medelijden met Brandon. Dit was best een beetje... PIJNLIJK!!

Toen besefte ik dat ik wel aan Zoey en Chloë had verteld dat ik Andrés buddy was, maar dat ik totaal vergeten was aan Brandon uit te leggen waarom ik mijn afspraak met hem had afgezegd.

Dus nu was hij in de war. En GEÏRRITEERD...

BRANDON, NIET ZO BLIJ MET DE NIEUWE PLAATSINDELING!

Niet alleen was Brandon ZIJN stoel kwijtgeraakt aan een of andere gast in een NHH-uniform, maar hij zat OOK nog naast leeghoofdje MacKenzie.

En dat de rest van de week!

Ik zuchtte en beet op mijn lip.

HEEL FIJN!! ☹

André is nog geen dag bij ons op school en Chloë en Zoey zijn al in giechelende plasjes kwijl veranderd, en Brandon is zo geïrriteerd dat ik de stoom zowat uit zijn oren zag komen.

Voor mijn gevoel wordt dit een...

HEEL.

LANGE.

WEEK!

☹!!

WOENSDAG 28 MEI – 10.50
BIJ MIJN LOCKER

André en ik kunnen het heel goed met elkaar vinden en hij past prima op WCD.

De meeste leerlingen lijken GEK op hem te zijn!

En met 'de meeste leerlingen' bedoel ik... MEISJES.

Sommige jongens lijken echt van hun stuk gebracht door alle aandacht die hij krijgt.

'Hoe zit het met die gast in dat rare schooluniform?' hoorde ik gisteren een paar sportjongens klagen toen er wel tien meisjes in de rij stonden voor een selfie met André, alsof hij een beroemdheid is of zo.

Zelf denk ik dat die jongens een beetje last hebben van de kift (oftewel, ze zijn jaloers op André).

Maar Brandon vat het hele gedoe toch wel goed op.

Hij zei dat ik me geen zorgen hoefde te maken over het helpen met de website voor Vrolijke Viervoeters, omdat ik het SUPERdruk zal krijgen met mijn verplichtingen als buddy.

Brandon is zo'n LIEVERD! ☺

(Hoewel hij vanochtend wel appte dat hij niet kan wachten tot André teruggaat naar Zweinstein, zodat hij zijn plek bij bio weer terug kan krijgen.)

Ik hoop maar dat Brandon alles op tijd afkrijgt voor de jaarlijkse inzamelingsactie. Ze hebben al het geld nodig dat ze kunnen krijgen om het dierenasiel open te houden.

Chloë en Zoey zijn mijn BFF's en ik ben gek op ze, maar ze doen zo raar en onvolwassen als André in de buurt is dat ik me KAPOT schaam!

Dat hele selfiefiasco van gisteren was eigenlijk HUN schuld. Ze SMEEKTEN André zowat om een selfie, en om aardig te zijn stemde hij in.

Dus maakten we er een met ons vieren...

ANDRÉ MAAKT EEN SELFIE MET CHLOË, ZOEY EN MIJ!

MacKenzie stond intussen bij haar locker te doen alsof mijn BFF's en ik niet BESTONDEN.

Dus natuurlijk vroeg ZIJ André ook om een selfie.

Daarna kwamen er twee meisjes van de toneelclub en toen verscheen het HELE cheerleadersteam!

Al snel stonden er wel tien meisjes in de rij, allemaal wachtend tot ze een selfie met André konden maken.

Maar het echt VREEMDE moet nog komen!

IEDEREEN bleef de hele tijd maar zeggen dat André en ik zo'n SCHATTIG STEL zijn.

Dus ik zei: 'Eh... MOOI NIET! We zijn gewoon VRIENDEN! We zijn alleen maar de hele tijd samen omdat ik zijn buddy ben, dus dat is VERPLICHT.'

Maar ze glimlachten alsof ik LOOG en begonnen tegen elkaar te FLUISTEREN.

Natuurlijk vroeg ik me af wat er aan de hand was!

Om alle DRAMA van gisteren te vermijden, appte ik André en vroeg hem of hij naar de bibliotheek wilde komen. Ik dacht dat we daar wat konden chillen en dan regelrecht naar de les konden gaan.

Tot mijn verrassing verscheen hij met een zakje van de CupCakerij...

ANDRÉ BRENGT ME ONTBIJT

Hij had verse jus en extra grote kaneelbroodjes met roomkaas gekocht. Ze waren zelfs nog warm!

Omdat ik het ontbijt had overgeslagen om op tijd op school te komen, maakte mijn buik harde knorrende geluiden, als een kapotte afvalvermaler.

OMG! Alles was VERRUKKELIJK!

'En, heb jij nog spannende plannen voor de zomer?' vroeg André.

HEEL FIJN!! ☹ Mijn RAMPZALIGE zomerplanning was wel het laatste waar ik over wilde praten!

Hij moet de pure paniek over mijn gezicht hebben zien flitsen of zo. Want zelfs toen ik mijn schouders ophaalde en 'Niet echt' mompelde, stopte hij met kauwen en staarde hij me aan.

'Echt? Sturen je ouders je naar een strafkamp of zo?' zei hij plagend.

Ik gaf geen antwoord, maar nam een grote hap van mijn kaneelbroodje en begon te kauwen. Ik probeerde niet zo geïrriteerd te kijken als ik me voelde. Ik had er al VEEEEEL te veel uitgeflapt over mijn ZIELIGE leven in die e-mails die ik André had gestuurd.

Ja, zeg! Ik KEN die jongen amper!

'STUURDEN ze me maar op kamp!' verzuchtte ik uiteindelijk. 'Dan hoefde ik me niet zo schuldig te voelen omdat ik zo egoïstisch ben dat ik de zomerplannen van mijn BFF's totaal verpest!'

'Jij lijkt mij niet iemand die met opzet haar vriendinnen zou kwetsen, Nicole.'

'Luister, André, het is HEEL ERG ingewikkeld en we hebben niet veel tijd,' mompelde ik.

Hij keek op zijn horloge. 'We hebben nog twee minuten en vijftien seconden. Dus je kunt maar beter heel snel praten!' Hij glimlachte.

Schoorvoetend vertelde ik hem ALLES!

IK LUCHT MIJN HART BIJ ANDRÉ!

'Serieus, André! Voor MIJ is het een GROOT probleem als ik mijn vrienden teleurstel. Ik geef echt veel om ze!' legde ik uit.

'Wacht even!' riep hij uit. 'Begrijp ik dit nou goed? JIJ krijgt een volledig verzorgde reis van twee weken naar Parijs om in het Louvre te studeren, en nu ben je bang dat je vrienden BOOS op je worden? Serieus? Sorry, Nicole, maar dan heb je echt NIEUWE vrienden nodig!'

'Nou, ik weet niet ZEKER of ze boos op me zullen worden. Maar ik zou boos zijn op MEZELF. Want ik zou mijn BFF's in de steek laten en de Bad Boyz-tournee laten schieten, terwijl we die al MAANDEN samen voorbereiden! Kom op, zeg, WIE doet nou zoiets? Alleen de SLECHTSTE vriendin OOIT!' gromde ik.

'Ik zal heel eerlijk tegen je zijn, Nicole. Ik zou het SUPER vinden als je naar Parijs zou komen! We zouden samen zo'n lol hebben, en ik zou je de stad kunnen laten zien. Maar het is JOUW keuze.'

'OMG! Het is mijn grote droom om kunst te bestuderen in Parijs. Iedereen was zo BLIJ voor me toen ik het een paar weken geleden vertelde. Ik moet maar met ze gaan praten en ze uitleggen dat die twee dingen op hetzelfde moment gepland staan. En dat ik NIET mee kan op de Bad Boyz-tournee als ik naar Parijs ga. Hopelijk zijn ze niet al te teleurgesteld!'

Nadat ik alles met André besproken had, besloot ik hier volwassen en verantwoordelijk mee om te gaan.

Ik stuurde Chloë, Zoey en Brandon een berichtje en vroeg ze na school naar de bibliotheek te komen om heel belangrijk nieuws te bespreken.

André zei dat ik me geen zorgen hoefde te maken, want alles zou prima in orde komen. Ik was zo blij met zijn hulp dat ik hem een van de Queasy Cheesy-cadeaubonnen van mijn vader beloofde.

Ik hoop alleen dat hij gelijk heeft!

☺!

WOENSDAG – 16.30
THUIS IN DE WOONKAMER

AAAAAAAHHH!! ☹

Oké. DAT was ik, terwijl ik GILDE!!

WAAROM?

Omdat ik weer een totale INZINKING heb!!

JA, ik weet het! Het is de TWEEDE deze week, en het is nog maar woensdag!

Dit is er gebeurd...

Chloë, Zoey en Brandon waren heel blij toen we elkaar na school in de bibliotheek zagen.

André en ik hebben nog maar TWEE DAGEN samen les gevolgd, maar mijn vrienden gedroegen zich alsof het twee WEKEN waren.

'We weten dat het voor jou verplicht is om buddy te zijn, Nikki, maar we missen je echt!' klaagde Zoey.

'Helemaal mee eens!' mopperde Chloë. 'André is een leuke en knappe gast, maar het voelt een beetje alsof hij onze BFF heeft ONTVOERD!'

'Ja! Iemand moet die jongen een keer uitleggen dat dit een middelbare school is, geen KINDERDAGVERBLIJF!' morde Brandon. 'Persoonlijk denk ik dat hij je leuk vindt, Nikki!'

'Echt niet! Zo is het HELEMAAL niet!' protesteerde ik. 'Kom op, jongens. Doe eens AARDIG!'

Maar diep vanbinnen was ik verrast en erg gevleid dat Brandon een beetje jaloers deed. Misschien betekende dat dat Brandon mij ECHT leuk vond.

Maar om eerlijk te zijn was het nooit bij me opgekomen dat een jongen als André interesse zou kunnen hebben in een aardig en mutsig meisje als... IK!

Ik bedoel, hij zou met gemak zo'n bloedmooi Disney-sterretje kunnen daten.

Hé, ik zou al geluk hebben als ÉÉN jongen interesse in me had.

Maar TWEE?

OMG!

Dat klinkt als iets uit een sprookje...

Er was eens een prinses, prinses Nikki. Vanaf haar balkon stond ze uit te kijken over haar schitterende koninkrijk.

Plotseling verscheen de knappe prins Brandon. Hij vroeg: 'Prinses Nikki, heb je zin om met MIJ door de velden te gaan wandelen?'

Maar voor ze antwoord kon geven, verscheen de knappe prins André, en hij vroeg: 'Prinses Nicole, heb je zin om met MIJ door de velden te gaan wandelen?'

Toen begonnen ze een zwaardgevecht om haar...

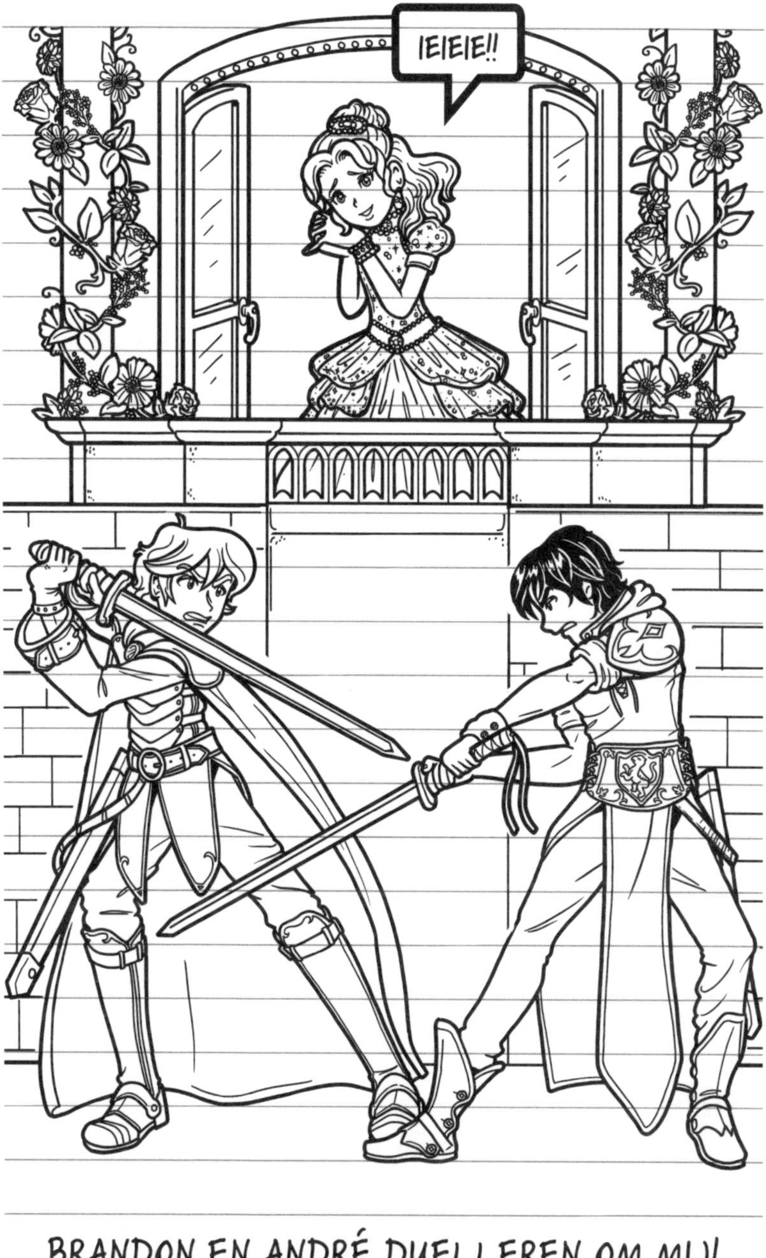

BRANDON EN ANDRÉ DUELLEREN OM MIJ!

Zoey haalde me uit mijn dagdroom. 'Dus, wat is het belangrijke nieuws? We kunnen niet WACHTEN!'

'Is het een VERRASSING?' piepte Chloë. 'Ik ben GEK op verrassingen!'

'Nou, het gaat eigenlijk over de Bad Boyz-tournee van deze zomer,' antwoordde ik aarzelend.

'Ik ben helemaal klaar om iedereen PLAT TE SPELEN!' riep Zoey. 'Mijn familie gaat twee weken op vakantie naar Maui, zonder mij. Ik heb besloten dat onze tournee belangrijker is!'

'Echt waar?' mompelde ik.

'Ja, ik ook!' zei Chloë. 'Ik had EINDELIJK tickets voor de grote stripbeurs in San Diego. Maar ik heb ze weggegeven, omdat we die week op tournee zijn!'

'Serieus?' kreunde ik.

'Ik had ook zoiets!' zei Brandon. 'Ik stond op de wachtlijst voor een fotografiekamp en ik hoorde afgelopen week dat ik een plek kon krijgen! Maar ik heb nee gezegd, omdat we in juli op tournee zijn!'

'NEE toch?' kermde ik.

Alle drie mijn vrienden staarden me gretig aan, wachtend tot ik mijn ZEER belangrijke nieuws met ze ging delen.

Plotseling had ik echt last van... SCHULDGEVOEL! Al mijn vrienden hadden een persoonlijk offer gebracht om mee te kunnen op tournee.

'Nou, ik vind het HEEL moeilijk om de juiste woorden te vinden,' mompelde ik.

'Kom op, Nikki! Je kunt ALLES tegen ons zeggen!' zei Zoey bemoedigend.

Ik haalde diep adem en sloot mijn ogen.

'Oké! Chloë, Zoey en Brandon, ik besef dat we deze Bad Boyz-tournee al MAANDENLANG aan het voorbereiden zijn! Maar ik moet jullie echt vertellen... IK KAN NIET –'

En toen werd ik heel enthousiast en heel onbeschoft onderbroken door mijn BFF's:

MIJN SUPERENTHOUSIASTE BFF'S

Toen begonnen Chloë, Zoey en Brandon te juichen! En te WOE-HOE'en! En elkaar high fives te geven!

Ze deden alsof ze net de wereldbeker hadden gewonnen of zo.

Op een of andere manier hadden we een ENORME miscommunicatie over de Bad Boyz-tournee.

'We beseffen dat onze show een enorme verantwoordelijkheid voor je is, Nikki,' zei Zoey begripvol.

'Maar vergeet dit nooit! We doen dit allemaal SAMEN!' zei Chloë, terwijl ze haar jazzhandjes voor me deed.

'Ja! WE KUNNEN DIT!' riep Brandon uit.

Toen gaven ze me met z'n drieën een dikke knuffel!

De enorme golf liefde, steun en enthousiasme van mijn vrienden was ZO ontroerend dat ik een ENORM brok in mijn keel kreeg.

Ik wist dat ik mijn vrienden vroeger of later de

WAARHEID zou moeten vertellen. Maar op dat moment neigde ik meer naar...

LATER! ☹

Maar hoe graag ik ook wilde wachten, ik wist dat ik door de zure appel heen moest bijten. Omdat ik het slechte nieuws bijna onmogelijk kon VERTELLEN, bedacht ik dat ik het misschien beter kon laten ZIEN.

'Luister, jongens, ik wil jullie een e-mail laten lezen die ik maandag heb gekregen. Die maakt alles wel zo'n beetje duidelijk,' zei ik.

Ik ging naar mijn inbox om de mail te laten zien over de reis naar Parijs.

Maar toen zag ik een gloednieuwe e-mail van een populaire app, waarin stond dat een bericht waarin ik was getagd meer dan 25 reacties en likes had gekregen.

Er stond bij: 'Schattige foto van André en Nikki!' Ik opende de mail en staarde geschokt naar de foto...

IK FLIP OVER EEN FOTO VAN MIJ
DIE ONLINE STAAT!

EINDELIJK begreep ik waarom gisteren iedereen liep te RODDELEN dat André en ik een stel waren.

Iemand had een foto gemaakt van mij en André op school.

Maar het bordje dat ik vasthield was veranderd...

Nikki & André samen op WCD! Te SCHATTIG!

****

SelfieChic: ECHT TE ZOET!

LoveMyLipGloss: Ze schijnen elkaar nog te kennen van toen zij op NHH was. LIEFDE op het eerste gezicht?

Flawless: Ze zijn perfect samen. Diepe buiging!

CheerGirl: SCHATTIGSTE stel OOIT!

LoveMyLipGloss: Hij is een hele verbetering na die twee mutsige BFF's van haar.

Dival24: Maar die arme Brandon dan?

SelfieChick: Die moet er kennelijk mee leren leven.

Dival24: Ik neem hem wel! ☺

****

Hoe konden mensen zo over mijn vrienden praten?

Ik kon het niet aan om nog meer reacties te lezen! Wie die foto heeft geplaatst, is duidelijk uit op DRAMA, want op mijn ECHTE bordje stond: 'Welkom, Andrea, op WCD!!'

En NIET: 'Ik heb je gemist, André!!'

Ik zuchtte gefrustreerd en klikte de website weg.

En toen besefte ik dat mijn vrienden nog STEEDS ongeduldig stonden te wachten tot ik ze die mail zou laten zien.

'Dus, wat wil je ons nou laten zien?' vroeg Zoey. 'Is het een mail van Trevor Chase?'

'OMG! Het is een e-mail van de BAD BOYZ! TOCH?' gilde Chloë hysterisch. 'Volgens mij ga ik DOOD als dat zo is!'

LEUK, HOOR! ☹

Zelfs mijn e-mailidee was op een RAMP uitgelopen!

'Luister, jongens! Het spijt me, maar er is ineens iets tussengekomen. Ik moet WEG. Nu! We hebben het er nog over, oké?' zei ik, en ik probeerde kalm te blijven.

'Is er iets mis, Nikki?' vroeg Brandon bezorgd.

'Eh... NEE! Ik krijg hier net een mail... van mijn, eh... MOEDER! En ik moet naar huis om, eh... op Brianna te passen. Doei, jongens!' zei ik, terwijl ik snel naar de deur liep.

'WAT?' Chloë en Zoey staarden me verbaasd aan.

'Wacht even! Nikki, kom terug! Weet je zeker dat je...' Ik hoorde de rest van Brandons vraag niet, omdat ik al door de gang rende.

Ik moest daar weg voor ik in tranen zou uitbarsten!

Dus nu zit ik in mijn dagboek te schrijven en probeer ik een oplossing te bedenken voor deze

RAMP!

Ik weet bijna zeker dat Chloë, Zoey en Brandon dat bericht nog niet hebben gezien.

Want ik weet HEEL zeker dat ze dan zo overstuur zouden zijn dat ze er iets over zouden zeggen.

Als Brandon erachter komt, hoop ik maar dat hij alle idiote roddels niet gelooft.

Hij zal zich misschien een beetje onzeker (en extreem ellendig!) voelen als hij het gerucht hoort dat André en ik iets hebben.

Ik vind het nu al VERSCHRIKKELIJK voor hem!

En NU moet ik mijn BFF's over mijn reis naar Parijs vertellen EN over de opmerkingen die over hen online staan.

O, NEE! ☹ Daisy had mijn broodje pindakaas gestolen en OVERAL pindakaas op gesmeerd! Ik moest me zelfs omkleden!

HEEL FIJN!! ☹ Nu belt er ook nog iemand aan.

OMG! Niet te geloven wie er voor de deur staat!

Het is...

BRANDON?

☹!!

WOENSDAG – 19.00
THUIS

Brandon stond op de stoep! Mijn eerste reactie was…

NEEEEE!! ☹

Ik wist vrij zeker dat hij de foto online had gezien en meteen naar mijn huis was gerend om te vragen hoe dat zat.

Dit was een perfecte kans om als volwassen en verantwoordelijk persoon de WAARHEID over ALLES aan Brandon te vertellen!

Zoals…

André en ik zijn ALLEEN vrienden.

Ik heb hem nog geen tweeënzeventig uur geleden voor het eerst in mijn leven ontmoet.

Ik ben van plan om jou, mijn BFF's en de landelijke Bad Boyz-tournee te laten stikken om twee weken met hem in Parijs rond te hangen!

Je moet alle foto's van André en mij negeren.

En je moet de roddels echt niet geloven.

Helaas klonk dat alles als een zooitje LEUGENS...

Zelfs in MIJN oren! ☹

En ik WEET hoe het zit!

Dus hoe kon ik verwachten dat Brandon me zou geloven?

De waarheid was dat hij dat waarschijnlijk niet zou doen!

Dus moest ik hem proberen te overtuigen.

Ik deed de deur open, greep Brandon bij zijn schouders en staarde wanhopig in zijn ogen.

'Luister, Brandon! Ik weet niet waarom je hier bent, en ik snap dat je boos bent. Maar André en ik zijn GEWOON vrienden. Meer niet! Geloof me!'

Hij staarde me alleen maar aan, een beetje verrast en in totale verwarring...

BRANDON STAART ME IN TOTALE VERWARRING AAN!

'Eh... oké, Nikki. Ik denk dat ik het begrijp. Maar houdt dat in dat André gaat helpen bij Daisy's training? Want vandaag zou ze de commando's "zit" en "blijf" leren.'

'OMG! Het is woensdag en Daisy's training is VANDAAG! Dus d-dat is waarom je hier bent?' hakkelde ik.

'Eh... komt het nu niet uit?' vroeg Brandon.

'WAT? Ik bedoel... NATUURLIJK wel! Ik was gewoon een beetje in de war, dat is alles!' brabbelde ik als een idioot. 'Daisy is in de achtertuin.'

'En wat zei je nou allemaal over André?' vroeg Brandon.

'Laat maar zitten! Ik pak snel wat te drinken voor ons en dan zie ik je over een paar minuten in de achtertuin, oké?'

Ik kon haast niet geloven dat Brandon hier was voor Daisy's tweede gehoorzaamheidstraining!

NIET om mij uit te horen over mijn relatie met André en me te zeggen wat een WAARDELOZE vriendin ik ben.

Dat was een ENORME opluchting!

Hé, waarom zou ik een leuke avond met mijn crush VERPESTEN?

Dus besloot ik niets te zeggen over de reis naar Parijs, de Bad Boyz-tournee of de roddels op internet.

Tot...

LATER!

Omdat het een warme avond was, maakte ik een ijskoude kan heerlijke limonade.

Hoe konden Brandon en ik nou beter CHILLAXEN dan met een koel, verfrissend drankje?

Ik liep met het blad met limonade naar Brandon toen er een reeks ongelukkige gebeurtenissen plaatsvond...

BRANDON, WIL JE EEN GLAASJE...
ZIT, DAISY!

...LIMONADE!!

NEE, DAISY!!

STOUTE HOND!!

Dankzij Daisy kregen Brandon en ik een ZEER koude, verfrissende limonadeDOUCHE!

WIJ kregen geen kans om mijn limonade te proeven.

Maar Daisy wel.

En ze vond het HEERLIJK!

Toen we klaar waren met Daisy's training, besloot ik dat het tijd was om eindelijk het slechte nieuws te delen.

'Luister, Brandon! Ik vind het heel fijn dat je zoveel voor Daisy doet, maar ik moet je echt vertellen –'

'Je hoeft me niet NOG een keer te BEDANKEN, Nikki!' zei Brandon met een glimlach. Toen veegde hij zijn slordige haar uit zijn ogen en glimlachte een beetje verlegen naar me. 'Ik vind het gewoon leuk om bij jou te zijn. Eigenlijk vroeg ik me af of je, eh... dit weekend samen pizza wilt eten bij Queasy Cheesy?'

'Natuurlijk, Brandon! Echt wel. Dat lijkt me leuk,' antwoordde ik heel kalm.

Maar diep vanbinnen was ik in de wolken en deed ik mijn blije Snoopydans...

IEIEIEIEIEIE!! ☺

BRANDON VRAAGT OF IK MET HEM NAAR QUEASY CHEESY WIL!

We spraken af om zaterdagochtend te appen om alles verder af te spreken.

Ik weet wel dat het GEEN ECHTE date is!

Omdat we GEEN ECHT stel zijn!

NOG niet!

Maar...

DAN NOG!! ☺

Het zit er heel, heel, heel DICHTBIJ, zonder het echt te zijn.

Dus besloot ik dit moment NIET te verknallen door over andere dingen te beginnen.

Ja! Het leven kan zo zoet zijn als een kan limonade!

Alleen kun je die beter NIET over je CRUSH heen gooien!

Ik heb zo'n geluk met een vriend als Brandon!

IEIEIEIE!!

☺!!

WOENSDAG – 21.00
IN MIJN KAMER

Deze hele dag was één gigantische emotionele ACHTBAAN! ☹

Ongeveer een uur geleden is er weer een foto online gezet. Nog meer geroddel over André en mij...

Nikki & André gaan samen spijbelen?

****

SelfieChic: Is dat niet tegen de regels?

LoveMyLipGloss: ALLEEN als ze betrapt worden!

Diva124: Dan kunnen ze SAMEN nablijven! Hoe romantisch is dat?

CheerGirl: Waar gingen ze heen?

Flawless: Misschien naar de CupCakerij? In Parijs! In het privévliegtuig van zijn ouders!

SelfieChic: Ben zooo JALOERS!

LoveMyLipGloss: Die arme André probeert haar zeker los te weken van haar ordinaire, irritante BFF's, Chloë en Zoey!

****

OMG! Ik was LAAIEND!

André en ik hebben NIET gespijbeld! Hij ging gewoon eerder weg van school om naar de tandarts te gaan.

Ik vraag me af wie deze ROTZOOI online zet?

Als ik die gebruikersnamen zie, heb ik wel een idee.

LoveMyLipGloss is vast MacKenzie, en SelfieChic is natuurlijk Tiffany van NHH.

Ik heb geen idee WAAROM ze me dit aandoen.

Nou ja, behalve dan dat ze me allebei niet kunnen UITSTAAN!!

Het VERNEDERENDE is dat de meeste leerlingen van WCD en NHH dit waarschijnlijk zullen lezen en zullen denken dat het WAAR is!

Ik bedenk ineens dat dit soort berichten op sociale media onder cyberpesten vallen.

En allebei de scholen, WCD en NHH, hebben daar heel strenge regels over.

Soms moet je in je leven doen wat je moet doen, zelfs als dat moeilijk of impopulair is.

En dat betekent dat ik moet NADENKEN over een zeer COMPLEXE en MOEILIJKE vraag:

WAAROM IS MIJN LEVEN ZO'N GIGANTISCHE EMMER KOTS?

☹!!

DONDERDAG 29 MEI - 07.00
IN MIJN KAMER

Ik ben een halfuur geleden opgestaan, maar ik ben nog STEEDS volkomen UITGEPUT, voornamelijk door extreme ZORGEN en ernstig SLAAPGEBREK! ☹

Mijn leven zou PERFECT zijn als ik kon uitslapen, tekenfilms kijken, relaxen, snacken, dutjes doen EN maar een halve dag naar school hoefde.

Ja, ik geef het toe. Ik WOU dat ik weer in groep 1 zat. Het leven was toen ZO simpel.

Ik checkte mijn e-mail en er bleken geen nieuwe berichten over André en mij te zijn. Gelukkig maar!

WEL had ik dat informatiepakket over de reis naar Parijs ontvangen. Er stond in dat de vlucht zevenenhalf uur gaat duren, wat erg lang is.

Maar dat is een EITJE vergeleken bij die GRUWELIJKE vlucht van anderhalf uur met Brianna, toen we vorig jaar zomer naar mijn tante in Indiana gingen.

Het begon ermee dat we heel lang moesten wachten in de rij voor de veiligheidscontrole op het vliegveld voor we konden instappen. En dat betekende: door een drukke doolhof lopen, onze schoenen uitdoen en daarna dat ding in dat eruitziet als een ruimtecapsule.

Brianna verveelde zich te pletter en propte een klont kauwgom in haar neus (ik verzin dit NIET!). En toen begon ze ineens te wijzen en te schreeuwen: 'HÉ, KIJK! EEN PUPPY!'

Oké, er liep een beveiligingskerel met een Duitse herder aan de lijn, die rondsnuffelde naar drugs, bommen of gevaarlijke toiletartikelen – of waar die honden dan ook op getraind zijn.

'Brianna, die hond is aan het werk,' legde mijn vader uit. 'Dus laat hem maar met rust, lieverd.'

Ondanks mijn vaders waarschuwing DOOK ze onder de afscheiding door, rende naar de hond, sloeg haar armen om hem heen en gaf hem een dikke knuffel.

Mijn moeder schrok en ik ging snel achter Brianna aan.

Gelukkig besnuffelde en likte de hond haar alleen...

De norse bewaker keek Brianna boos aan en zei: 'WEG bij die hond, jongedame!'

Brianna zette grote ogen op. Mijn ouders verstarden. Ik pakte snel Brianna's hand.

'Sorry, meneer! Ze is nog klein,' zei ik.

Maar hij keek ons alleen kwaad aan. 'JULLIE ALLEBEI! WEG BIJ DIE HOND!' schreeuwde hij.

Brianna en ik renden snel terug naar ons plekje in de rij, terwijl de hond met zijn staart kwispelde.

We waren dus bijna gearresteerd omdat mijn lastige zusje een knuffelaanval op een beveiligingshond had gedaan. En we zaten nog niet eens in het vliegtuig!

Helaas ging het vanaf dat moment alleen maar bergafwaarts.

Omdat we al om zes uur 's ochtends waren vertrokken, hoopte ik dat ze zou gaan slapen in het vliegtuig, maar niets was minder waar!

Ze was zo hyper van alle suiker in haar veel te dure vliegveldontbijt dat bestond uit donuts en warme chocomel dat ze waarschijnlijk minstens een week niet meer zou slapen (en bedankt, MAM! ☹)

Om het nog erger te maken: dit was de eerste keer dat Brianna vloog.

En helaas hadden we geen vier stoelen naast elkaar, want elke rij had er maar drie.

Mijn ouders zaten naast elkaar en ik zat een paar rijen achter hen met Brianna opgezadeld.

Brianna eiste de stoel bij het raam op. Dus zat ik klem tussen haar en zo'n zakenman die steeds tegen mijn ribben stootte tijdens het typen op zijn laptop.

'Waarom vliegen we niet?' vroeg ze toen we net twee tellen zaten.

'Brianna, er zijn nog mensen aan het instappen,' legde ik uit. 'We gaan zo, oké?'

'En nu dan? Is het al tijd? Wanneer gaan we nou vlie-iegen?' zeurde ze.

Meneertje Laptop ging rechtop zitten en probeerde ons MET ZIJN BLIKKEN te doden.

Ik bedoel, ik wilde ook dat Brianna haar mond hield! Maar waarom gaf hij MIJ het BOZE OOG?

Toen iedereen zat, begon de stewardess aan haar praatje over wat je moet doen als het vliegtuig NEERSTORT in de OCEAAN.

Ik zal niet liegen! Dat praatje maakt me altijd een beetje zenuwachtig. Dus ik begreep op zich dat Brianna flipte.

Maar mijn zusje gaf het woord FLIPPEN een heel nieuwe betekenis!

'Zit mijn stoelriem wel strak genoeg? Beloof dat je mijn zuurstofmasker eerst opzet, Nikki! Een landing op het WATER? WAAR IS MIJN ZWEMVEST!' riep Brianna paniekerig.

Toen kwam ze van haar stoel af en kroop eronder, ook al was het vliegtuig op dat moment al over de startbaan aan het taxiën.

OMG! Ik kreeg bijna een hartaanval toen Brianna het reddingsvest vanonder haar stoel tevoorschijn haalde.

'Hé! Dat mag helemaal niet!' zei meneertje Laptop, terwijl hij even opkeek van zijn computer.

'Ja, nou, u mag ook niet op uw laptop werken tijdens het opstijgen!' antwoordde ik.

Maar dat zei ik alleen in mijn hoofd, zodat niemand het kon horen.

Ik trok Brianna weer in haar stoel en pakte haar stoelriem.

Oké. Heb je ooit geprobeerd de stoelriem vast te maken van een kind dat SCHOPT, SCHREEUWT en een DRIFTBUI krijgt terwijl ze met een REDDINGSVEST aan in een VLIEGTUIG zit?

BRIANNA FLIPT TOTAAL IN HET VLIEGTUIG!

Nou, ik WEL!!

En het is zo ongeveer... ONMOGELIJK!

'Brianna, doe NU dat REDDINGSVEST uit!' siste ik. 'En doe je stoelriem weer vast!'

'Maar die vrouw zei dat we op het WAA-AAATER gaan LAA-AANDEN!' gilde ze.

'We vliegen van New York naar Indiana. Er komt GEEN landing op het water,' probeerde ik haar gerust te stellen.

'Dat weet je helemaal niet ZEKER!' jengelde ze.

'Eigenlijk... wel!'

'Maar wat als er een meer is? Of een rivier? Of... of... een ZWEMBAD?' riep ze.

Oké, misschien had mijn zusje een punt. Maar dan nog.

Ik had zoiets van: SORRY, BRIANNA!

Ik zou veel liever NEERSTORTEN in een ZWEMBAD dan dat ik nog een MINUUT langer naast JOU in dit VLIEGTUIG moet zitten!

'Luister, Brianna, als je rustig doet, mag je op mijn mobiel *Prinses Suikerpruim: Avonturen op het eiland van de baby-eenhoorns* spelen. Oké?'

Maar Brianna gaf geen antwoord, want op dat moment steeg het vliegtuig op. En dat voelde ongeveer net zoals een achtbaan die een enorme helling op gaat.

En toen begon Brianna te GILLEN! Op de toppen van haar longen!

'Kun je ALSJEBLIEFT even zeggen dat ze stil moet zijn?' gromde meneertje Laptop.

'Sorry,' mompelde ik. 'Hé, Brianna! Kijk me eens aan! Alles gaat goed! Je wilde toch vliegen? We vliegen! Net als... als... elfjes! Als... eenhoorns!'

'Eenhoorns VLIEGEN niet!' mompelde een vrouw achter me. Dat hielp NIET. En bedankt, mevrouw! (Ja, ik WEET dat eenhoorns niet vliegen, maar dit was een situatie met HEEL veel stress, oké?)

'Eh, gaat het wel goed met haar?' vroeg een

stewardess, die zich vastgreep aan de bovenkant van meneertje Laptops stoel.

Volgens mij mocht ze eigenlijk nog niet rondlopen, maar Brianna's kreten waren moeilijk te negeren.

'NIET echt!' zei ik met een zucht.

'Draagt ze nu echt... haar REDDINGSVEST?' vroeg de stewardess ongelovig.

DUH!! Deze dame had echt een goed inzicht in het OVERDUIDELIJKE!!

'Ik wil graag een andere plek,' snauwde meneertje Laptop.

'Brianna, lieverd, waarom schreeuw je zo?' vroeg mijn moeder, die nu in haar eigen rij was opgestaan.

'Gaat u ALSTUBLIEFT zitten, mevrouw! NU!' snauwde de stewardess tegen haar.

'DAT is MIJN dochter!' snauwde mijn moeder terug.

Plotseling stopte Brianna met schreeuwen en wees uit het raam. 'Wauw! Suikerspinwolken?'

Daarna ruilde Meneertje Laptop van stoel met mijn moeder, en Brianna begon pas weer te SCHREEUWEN toen de vlucht een beetje ruw werd...

En toen iemand het vliegtuigtoilet doorspoelde.

En toen de stewardess haar appelsap aanbood, omdat de vliegmaatschappij geen Prinses Suikerpruim-vruchtenlimonade had.

En toen we landden.

En toen het tien minuten duurde voor we het vliegtuig uit konden.

En op het vliegveld, toen ze van mijn vader niet op de bagageband met de koffers mee mocht draaien.

Ik kon NIET geloven welk moment Brianna uitkoos om EINDELIJK in slaap te vallen. In de huurauto, toen we net de oprit van mijn tante op draaiden!

'O, ze slaapt als een ENGELTJE!' zei mijn tante verrukt, terwijl ze door het raampje naar Brianna keek.

En hoewel Brianna zich had gedragen als een TASMAANSE DUIVEL op roze barbiesneakers, was mijn moeder het MET HAAR EENS!

Op dat moment FLIPTE ik totaal!

'SERIEUS? Als Brianna een ENGEL is, kan ze dan misschien zelf naar huis VLIEGEN? Sorry, mensen! Maar op de terugweg ga ik NIET naast HAAR zitten!'

Maar dat zei ik alleen in mijn hoofd, zodat niemand het kon horen.

Hé, ik hou ECHT wel van mijn zusje!

Maar toch vraag ik me soms af hoe het zou zijn om ENIG kind te zijn.

Hoe dan ook, ik heb besloten om het nieuws over mijn reis naar Parijs aan Brandon te vertellen als we dit weekend bij Queasy Cheesy zitten.

Dan kunnen we daarna misschien samen afspreken met Chloë en Zoey in de CupCakerij, om ze alles te vertellen.

Ik heb besloten me voorlopig niet druk te maken over die stomme foto's.

Morgen is Andrés laatste dag hier op WCD, en dan gaat hij weer terug naar NHH.

Dus daarna kunnen er onmogelijk nog nieuwe foto's geplaatst worden, omdat we dan niet meer bij elkaar in de buurt zijn.

Ik denk dat die HATERS dan maar iets anders moeten bedenken om te doen!

Gelukkig is het hele fotodrama over TWEE DAGEN voorbij!

Ik hoop maar dat mijn BFF's de foto's voor die tijd niet zien.

Duimen maar!

Het voelt nu al alsof er een gigantische last van mijn schouders valt.

☺!!

DONDERDAG – 12.20
BIJ MIJN LOCKER

Nou, mijn dag is zo'n beetje VERPEST! ☹

Twee uur geleden is er een nieuwe foto geplaatst...

Nikki en André kruipen dicht tegen elkaar aan voor een superlieve selfie!

****

CheerGirl: Aaaah! Ze zijn echt een perfect stel!

LoveMyLipGloss: Maar Nikki ontkent NOG STEEDS dat ze een setje zijn. We houden je in de gaten, Nikki!

SelfieChic: Ja! Ze houdt echt niemand voor de gek! Die chick is ECHT schandalig!

Flawless: Ik kan serieus niet geloven dat ze Brandon laat vallen voor die oppervlakkige eikel! #TeamBrandon

Diva124: Team Brandon forever! Wat heeft André dat hij niet heeft?

LoveMyLipGloss: Makkelijk! Hij is Frans, hij is best leuk en hij heeft bakken met GELD! Brandon heeft alleen een mooie glimlach en een stoffige oude camera. En ik snap totaal niet waarom hij ZO graag met zwerfhonden rondhangt! Die op vier poten, bedoel ik, niet Chloë, Zoey en Nikki.

SelfieChick: LOL! Die is VALS, meid!

****

En toen stopte ik met lezen.

Die opmerkingen waren echt GEMEEN!!

Ik zuchtte en knipperde mijn tranen weg.

Toen bekeek ik de foto nog eens goed en probeerde me te herinneren wanneer André en ik samen selfies hadden gemaakt.

Te zien aan de kleren die ik droeg, moest deze op dinsdag zijn gemaakt.

Toen wist ik weer dat Chloë, Zoey, André en ik op die dag met zijn allen een selfie hadden gemaakt.

Maar zo te zien waren Chloë en Zoey helemaal uit beeld gefotoshopt.

Het was duidelijk dat iemand het wilde laten lijken alsof André en ik samen selfies maakten, omdat we helemaal gek waren op elkaar.

Wat een DIKKE VETTE LEUGEN is!!

Ik was ZO...

BOOS! ☹

Maar nog lang niet zo BOOS als over de foto die tien minuten geleden is geplaatst...

Nikki & André delen iets lekkers!

****

SelfieChic: OMG! Dit is ZOOO romantisch!

Diva124: Nou, het is wel duidelijk dat het serieus is tussen die twee.

Flawless: Nikki! Hoe kun je?

LoveMyLipGloss: Wacht maar tot Brandon erachter komt. Dat rommelige liefdesleven van haar gaat totaal ontsporen. Ik kan niet WACHTEN!

SelfieChic: Ik ook niet! Nu wordt het interessant! Ik zit al klaar met popcorn!

LoveMyLipGloss: Ik met snoep en een 3D-bril! LOL!

CheerGirl: Eh... Volgens mij genieten jullie hier een beetje te erg van.

Diva124: Waarom heb ik ineens zo'n zin in een warm kaneelbroodje met roomkaas?

Flawless: Ik ook! Laten we na school naar de CupCakerij gaan.

****

Ik stopte met lezen en propte mijn mobieltje weer in mijn tas.

Ik kon wel...

GILLEN!! ☹

André en ik hadden allebei een EIGEN kaneelbroodje gehad!

Maar om de een of andere reden stond er maar ÉÉN op de foto!

HET MIJNE!! ☹

We hadden ECHT NIET in de bibliotheek gezeten als een bruid en bruidegom die samen één stuk bruidstaart deelden!

Kom op, zeg! Ik KEN die jongen amper!!

Om het nog erger te maken, voelt het alsof de hele school over me RODDELT.

Of in elk geval de MPM's (Mooie Populaire Meisjes).

MacKenzie en haar vriendinnen stonden over me te fluisteren toen ik bij mijn locker was.

Mijn maag voelt zo DRAAIERIG dat ik zo over MacKenzies erg schattige gouden designersandalen met plateauzolen zou kunnen overgeven.

Als ik niet zo BEZORGD was dat Brandon die foto's ziet, het ergste denkt, zich gekwetst voelt en daarna NOOIT meer met me wil praten, zou ik naar de administratie rennen, mijn moeder bellen en naar HUIS gaan!

Maar in plaats daarvan ga ik regelrecht naar BIO om Brandon voor die foto's te WAARSCHUWEN!

Voor het te laat is!

☹!

DONDERDAG – 15.30
IN DE BEZEMKAST

Ik zit nu in de bezemkast en schrijf dit terwijl ik probeer geen complete ZENUWINZINKING te krijgen!

OMG! MacKenzie Hollister is...

IN- EN INSLECHT! ☹

HOE slecht is ze?

ZO slecht dat ze de STEKKER uit mijn BEADEMINGS-APPARAAT zou trekken om haar MOBIELTJE op te kunnen laden als ik in het ziekenhuis lag!

Toen ik de vorige keer klaar was met mijn dagboek, pakte ik mijn boeken, ging even bij Andrés locker langs (ja, dat hoort ook bij mijn taken!) en haastte me naar bio.

Maar helaas kwam ik net een paar seconden TE LAAT...

MACKENZIE LAAT BRANDON DE FOTO'S VAN ANDRÉ EN MIJ ZIEN!

Ik stond daar maar te FLIPPEN, terwijl Brandon door de foto's scrolde. Hij keek geschokt, verbaasd en gekwetst. Allemaal tegelijk...

BRANDON BEKIJKT DE FOTO'S!

Het enige wat ik op dat moment wilde, was een heel diep gat naast mijn tafeltje graven, erin KRUIPEN en STERVEN!!

Toen de les eenmaal begon, kon ik Brandons blik zo ongeveer op mijn achterhoofd voelen branden.

Maar steeds als ik me omdraaide om oogcontact met hem te maken, staarde hij glazig in zijn biologieboek.

Natuurlijk zat MacKenzie daar met een dikke vette GRIJNS op haar gezicht.

Ze was ZO trots dat ze mijn vriendschap met Brandon zo'n beetje had VERWOEST.

Ik wilde naar haar toe lopen, 'Gefeliciteerd, MacKenzie!' zeggen en haar een high five geven!

In haar SMOEL. Met een STOEL!

Nee, grapje! ☺

MAAR NIET HEUS! ☹

Serieus! Die meid boft dat ik een heel vredelievend en geweldloos persoon ben.

Ik negeerde haar gewoon totaal toen ze me VUIL begon AAN TE STAREN...

MACKENZIE ZIT ME VUIL
AAN TE STAREN

Ik bedoel maar, WIE doet nou ZOIETS?

Zodra de les voorbij was, pakte Brandon zijn rugzak en beende snel langs me heen de klas uit.

Praktisch iedereen in de klas had de laatste roddels gehoord en STAARDE naar ons.

'Brandon, wacht! Ik moet echt met je praten!' zei ik, terwijl ik achter hem aan liep door de gang. 'Onder vier ogen. Kunnen we na school afspreken bij jouw locker?'

'Eigenlijk zou ik na school met wat vrijwilligers aan de website voor Vrolijke Viervoeters werken, Nikki. Ik ga de hele week al heel laat naar bed en we zijn nog niet eens halverwege. En ondertussen stapelt mijn huiswerk zich op,' zei hij, terwijl hij naar de vloer staarde.

Ik moest toegeven dat hij er uitgeput uitzag.

Het was me nog niet eerder opgevallen dat hij zulke donkere kringen onder zijn ogen had.

'En morgenochtend dan?' vroeg ik.

'Morgen kom ik een uur eerder op school. Maar dan zit ik hard te werken in de bibliotheek om het huiswerk in te halen dat ik GISTEREN en VANDAAG al af had moeten hebben,' mopperde hij gefrustreerd.

'Kun je me ten minste twee minuten geven?' smeekte ik bijna. 'Ik bedoel, als je tijd hebt...'

'De echte vraag is: heb JIJ wel tijd?' zei Brandon. Hij keek me nu eindelijk aan. 'Kennelijk heb je het de laatste tijd heel erg druk met je NIEUWE schoolproject!'

'Schoolproject? **WELK** schoolproject?' vroeg ik. Ik begreep er niets van.

Plotseling kneep Brandon zijn ogen tot spleetjes en staarde over mijn schouder.

'Hier, Nicole,' zei André, terwijl hij me mijn rugzak gaf. 'We kunnen beter gaan, anders komen we te laat voor de les. O... Hallo, Brandon.'

'NICOLE? Wie is... Nicole?' vroeg Brandon. Hij staarde naar mij en toen naar André, en toen weer naar mij. 'Laat ook maar. Ik moet gaan. Later.'

Hij zuchtte, duwde zijn handen diep in zijn zakken, draaide zich om en sjokte weg.

'Wat heeft HIJ?' André haalde zijn schouders op. 'Hij doet alsof hij zijn grootste SCHAT kwijt is!'

'Dat KLOPT ook wel!' zei ik zuchtend. Ik vocht tegen mijn tranen terwijl ik Brandon zag weglopen door de gang.

VRIJDAG 30 MEI – 07.00
IN MIJN KAMER

OMG! Dat hele drama bij BIO gisteren was...

AFGRIJSELIJK!

Ik had geen idee dat Brandon zich overvraagd voelde.

Hij heeft zoveel tijd besteed aan dat project voor Vrolijke Viervoeters dat hij achterloopt met zijn huiswerk en het moeilijk begint te krijgen op school.

En alsof dat nog niet UITPUTTEND genoeg is, komt hij OOK nog TWEE keer per week naar MIJN huis om Daisy te trainen.

Ik kan het Brandon niet kwalijk nemen dat hij een beetje onzeker is over ONZE vriendschap nu ik zoveel tijd met André doorbreng.

Die foto's van André en mij waren vast een KLAP in zijn gezicht en duwden hem over het randje.

En nu kan ik hem niet uit mijn hoofd krijgen! Hij zag er zo TREURIG uit, zoals hij daar in zijn eentje zat...

BRANDON OP SCHOOL

Het is duidelijk dat degene die die foto's online zet, hem wil kwetsen EN onze vriendschap kapot wil maken.

Maar ik moet toegeven dat ik daar OOK verantwoordelijk voor ben. Ik ging ZO op in mijn eigen wereldje, met mijn eigen problemen, dat ik Brandon praktisch heb genegeerd.

Ik voelde me echt ROT dat ik mijn vriend zo in de steek had gelaten! ☹ Ik had geen andere keus dan proberen het weer goed te maken.

Brandon had gevraagd of ik een paar van de puppy's wilde tekenen die de laatste tijd bij Vrolijke Viervoeters zijn binnengebracht, maar in plaats daarvan had ik me laten afleiden door mijn taken als buddy.

Dus toen ik gisteravond klaar was met mijn huiswerk, heb ik UREN aan die puppytekeningen gewerkt! Pas na middernacht was ik klaar.

Ik besef dat ik wel de LAATSTE ben met wie Brandon op dit moment wil praten. Dus besloot ik hem een korte brief te sturen.

Ik ben van plan om die samen met de puppytekeningen aan hem te geven als ik hem vandaag op school zie...

Hoi,

Ik hoor graag wat je van deze vier tekeningen vindt. Volgens mij zouden ze online ABSOLUUT aandacht trekken!

Trouwens, kunnen we een keer afspreken om te praten? Het is best belangrijk. Oké, HEEL belangrijk! Zo belangrijk dat ik het je al een hele week probeer te vertellen, maar het lukt me steeds niet.

Ik kon moeilijk een goed moment vinden omdat we het allebei zo krankzinnig druk hebben. Dus laten we deze zaterdag wat gaan doen! Om 13.00 uur bij Queasy Cheesy? App maar om te laten weten of je kunt. Na deze week vol stress zal het fijn zijn om lekker te eten en te relaxen met jou!

Nikki

Ik vouwde de brief op, stak hem in een envelop en krabbelde Brandons naam erop.

Het is moeilijk te geloven dat dit Andrés laatste dag op WCD is! De week is zo snel voorbijgegaan. Ondanks al het DRAMA dat zijn bezoek heeft uitgelokt, mag ik hem graag en zie ik hem als een nieuwe vriend. Maar helaas heb ik nog steeds geen idee of ik moet kiezen voor de Bad Boyz-tournee of voor mijn reis naar Parijs. Dus besloot ik een brief aan André te schrijven.

Hoi,

Niet te geloven hoe snel deze week voorbij is gegaan! Het goede nieuws is dat je het overleefd hebt. ☺

Nu komt het moeilijke stukje... Ik wilde je laten weten dat ik nog steeds nadenk over wat we besproken hebben. En eerlijk gezegd weet ik nog steeds niet wat ik ervan vind.

Het is HEEL moeilijk om te moeten kiezen tussen twee dingen waar ik echt om geef! Aan de ene kant wil ik vasthouden aan wat ik ken en waar ik me goed bij voel. En aan de andere kant wil ik iets nieuws, iets avontuurlijks, opwindends.

Ik voel me ZO verscheurd! Misschien ben ik bang om mensen teleur te stellen. Of misschien ben ik gewoon bang om me vast te leggen. Ik heb meer tijd nodig om erover na te denken.

Ik hoop dat je dat begrijpt! Als ik mijn keuze heb gemaakt, zal ik het je zeker laten weten. Wat ik ook kies, ik zou graag vrienden met je blijven, als jij dat ook wilt! Hopelijk zie ik je nog.

Nikki

PS. Hierbij die cadeaubon voor een GRATIS Queasy Cheesy-pizza. EET SMAKELIJK! ☺

Ik stak de brief in een tweede envelop, met Andrés naam erop. Toen deed ik de brieven en de tekeningen in een mapje en stopte alles in mijn rugzak.

Het is alsof ik EINDELIJK weer controle over mijn leven krijg. Het goede nieuws is dat ik vanaf maandag mijn gewone rooster weer volg en twee lessen plus de lunchpauze samen met Chloë en Zoey heb. IEIEIE! ☺

OMG! Ze zullen NOOIT geloven wat voor VALSE dingen MacKenzie me deze week heeft geflikt. Ik kan niet wachten om ze alles te vertellen.

Maar belangrijker: ik zal mijn BFF's ECHT nodig hebben om het weer goed te maken met Brandon! ☺

VRIJDAG – 09.55
BIJ MIJN LOCKER

Ik was vanmorgen een kwartier te vroeg op school, precies volgens plan.

Ik hoopte dat ik genoeg tijd zou hebben om Brandon te vinden en hem de tekeningen en de brief te geven.

Dat was de eerste stap op weg naar het herstel van onze vriendschap.

Gisteren had hij gezegd dat hij in de bibliotheek zou zijn om huiswerk in te halen, dus mijn plan was om daar te beginnen.

Omdat het een winderige dag was, besloot ik eerst even naar de meisjes-wc's te gaan om te kijken of mijn haar niet uit model was gewaaid en of er geen etensresten tussen mijn tanden zaten.

Maar zodra ik de toiletten binnenliep, begon mijn maag zo heftig te draaien dat ik zeker wist dat ik mijn bagel eruit zou gooien...

WAAROM? Omdat MacKenzie daar voor de spiegel stond en negen lagen lipgloss aanbracht.

IK KOM MACKENZIE TEGEN
IN DE MEISJES-WC'S

Ik kon het niet bewijzen! Maar ik wist HEEL zeker dat zij geprobeerd had mijn vriendschap met Brandon kapot te maken door die gefotoshopte foto's online te zetten en te zorgen dat hij ze zou zien.

Ik stond daar maar een beetje naar haar te staren.

'Hoi, Nikki! Wat een GEWELDIGE foto's van jou online! Gebruik de spiegel gerust. Als je twee gezichten hebt, kun je er maar beter voor zorgen dat ten minste eentje er goed uitziet!'

'Ik weet dat jij die foto's op internet hebt gezet. Geef het maar toe, MacKenzie!' zei ik kattig.

'Nou en? Wees blij! Nu ben je iets populairder dan de vlekken in de toiletpot! Gefeliciteerd, popje!'

'MacKenzie, CYBERPESTEN is VERKEERD! Ik zou het graag op zo'n manier aan je UITLEGGEN dat je het begreep, maar ik heb geen HANDPOPPEN, SNOEPJES en KRIJTJES bij de hand!'

MacKenzie draaide zich om en keek me vuil aan.

'Ik ben jou ZO zat, Nikki! Je krijgt alles op een presenteerblaadje aangeboden, terwijl je dat helemaal niet verdient. IK zou met de Bad Boyz op tournee moeten! En zodra je je vriendinnetjes hebt gedumpt om met André in Parijs rond te hangen, neem IK jou plaats in als ZANGERES! Eerlijk gezegd snap ik niet wat André en Brandon in je zien. Ze zouden gek moeten zijn op MIJ! Je zult wel onweerstaanbaar VERTEDEREND zijn, en zo STOM als een puppy!'

'Wacht even. Doe je dit alleen maar om op tournee te kunnen? Besef je eigenlijk wel dat je andere mensen KWETST? Zoals mijn VRIENDEN?' riep ik uit.

'Sorry, Nikki! Je ziet me zeker aan voor iemand die dat iets kan schelen? Zit er een pauze in jouw kleine wc-DRAMA? Want ik moet plassen!'

Het was alsof MacKenzie geen WOORD had gehoord van wat ik had gezegd. Ze was HOPELOOS!

'Luister, Nikki! Kun je me een lol doen en even in een wc-hokje wachten tot ik weg ben? Jouw lelijke jurk vloekt bij mijn lipgloss en daar krijg ik MIGRAINE van!'

Als je ZO VEEL WAANZIN tegenkomt, kun je beter geen tijd en energie verspillen aan een poging tot een REDELIJK gesprek. Dus draaide ik me om en liep weg.

Het was VEEL belangrijker om Brandon te vinden en hem die tekeningen te geven.

Maar toen ik voor de deur van de bibliotheek stond, merkte ik dat ik mijn rugzak niet bij me had.

HEEL FIJN!! ☹

Ik had hem in de wc's laten staan...

Bij... MACKENZIE HOLLISTER!! ☹

Ik draaide me om en rende terug naar de wc's. Ik WIST dat mijn rugzak verloren was!

Maar MacKenzie had hem zeker niet onder de wasbak zien staan, want hij WAS er nog...

IK VIND MIJN RUGZAK!!

Ik keek erin en zag mijn portemonnee, telefoon en boek.

Mijn tekeningen zaten in mijn mapje, en toen ik in de enveloppen keek, bleken mijn brieven er ook nog in te zitten.

OEF!! ☺

Ik ging snel naar de bibliotheek.

Mijn hart sloeg letterlijk een slag over toen ik Brandon achterin aan een tafeltje zag zitten, diep over een schrijfblok gebogen.

'Hoe is het, Brandon?' zei ik vrolijk. 'Ik heb een verrassing! Voor de website van Vrolijke Viervoeters.'

Hij gaf geen antwoord en keek me niet eens aan. Misschien was hij bozer op me dan ik dacht.

Ik verstarde en had geen flauw idee wat ik nu moest doen.

'Eh... Brandon, is alles in orde?'

En toen snapte ik eindelijk dat hij nog erger uitgeput was dan gisteren. Die arme jongen had gewoon thuis moeten blijven.

Ik had het hart niet om hem te storen. Dus liep ik op mijn tenen naar hem toe en liet mijn puppytekeningen en mijn brief op de tafel achter, naast zijn schrijfblok...

BRANDON LIGT UITGEPUT TE SLAPEN
IN DE BIBLIOTHEEK!

Ik had echt een beetje medelijden met Brandon.

Hij was ZO begaan met Vrolijke Viervoeters en dieren (zoals mijn KNETTERGEKKE hond Daisy) dat hij zichzelf helemaal had uitgeput.

Ik wilde hem wakker maken, bedanken voor al zijn harde werk en hem een dikke KNUFFEL geven. Maar dat deed ik niet. Ik keek alleen naar hem.

Plotseling werd het me heel duidelijk hoe ik mijn zomer wilde doorbrengen.

André is een slimme, knappe en fascinerende gast. En Parijs is een van de opwindendste steden ter wereld.

Maar ik breng deze zomer veel liever door met mijn goedhartige en mutsige CRUSH: Brandon.

Ik kan niet wachten om hem te vertellen wat ik voel.

☺!!

ZATERDAG 31 MEI – 23.15
IN MIJN KAMER

Oké, dit wordt waarschijnlijk het LANGSTE stuk dat ik OOIT in mijn dagboek heb geschreven!

Om te beginnen had ik geen flauw idee of Brandon nog naar Queasy Cheesy zou komen.

Ik had hem in mijn brief gevraagd me te appen of hij zaterdag om 13.00 uur kon, maar dat had hij niet gedaan.

Ik begon al bang te worden dat hij nog steeds BOOS op me was of zo. Al kon ik hem dat niet kwalijk nemen.

Als ik MEZELF had behandeld zoals ik Brandon heb behandeld, zou ik mezelf echt wel hebben ONTVRIEND op FACEBOOK!

Ik was een kwartier te vroeg bij Queasy Cheesy en was OP van de zenuwen. Maar al snel was 13.00 uur gekomen en gegaan.

En toen werd het me HEEL duidelijk.

MIJN CRUSH HAD ME LATEN ZITTEN!!

IK HEB EEN HEEL ERNSTIGE CRUSHITISCRISIS!

OMG! Mijn GROOTSTE angst was uitgekomen.

Ik leed aan die zeer gevaarlijke crushitiscrisis waar Chloë en Zoey me voor GEWAARSCHUWD hadden!

Ik flipte totaal en kreeg een enorme inzinking, daar aan mijn tafeltje. Terwijl iedereen in het restaurant me aanstaarde.

Uiteindelijk kwam de serveerster naar me toe. Ze glimlachte medelevend. 'Lieverd, je zit hier nu al een hele tijd te wachten. Wil je al iets bestellen?'

'Eh... Ik denk dat ik nog heel even wacht,' mompelde ik.

'Nou, wat jij wilt, schat. Maar persoonlijk denk ik NIET dat hij nog komt! Je zit hier gewoon je tijd te verspillen,' zei ze, en ze liep weg.

Ik kon NIET geloven dat de serveerster dat echt tegen me zei! ZO ONAARDIG!! ☹

WAAROM stak ze haar neus in mijn privézaken? Ik

had die dame nog nooit van mijn leven gezien!

Ik overwoog serieus om bij de bedrijfsleider te gaan klagen...

Maar toen moest ik aan de Queasy Cheesy-cadeaubon denken die mijn vader me had gegeven.

Als ik stennis schopte over het gedrag van die serveerster, zou dat uiteindelijk mijn vaders bedrijf kunnen schaden.

Ik had de hoop al opgegeven en zat het afhaalmenu te bekijken toen ik een bekende stem hoorde...

'SORRY DAT IK ZO LAAT BEN! IK HOOP DAT IK JE NIET TE LANG HEB LATEN WACHTEN!'

Ik had geluk! Uiteindelijk hoefde ik hier toch niet in tranen en met een gebroken hart te vertrekken, knagend aan een portie kipkluifjes om mee te nemen, dacht ik blij! ☺

Ik keek op en HOOPTE mijn crush te zien, Brandon...

MAAR HET WAS ANDRÉ!

'O! Hoi, André,' zei ik, terwijl ik probeerde om niet zo teleurgesteld te klinken als ik me voelde. 'Hoe gaat het? Eh... wat doe JIJ hier?'

'Nou, ik ben uitgenodigd door een heel bijzonder iemand!' zei hij met een enorme glimlach op zijn gezicht geplakt. 'Ik ben hier om haar geluk te wensen en samen haar succes te vieren!'

Ik zag dat hij ballonnen bij zich had, en een doos van de CupCakerij.

'Ben je hier dan voor een feestje of zo?' vroeg ik een beetje verward.

André leek me een beetje te oud voor een kinderfeestje bij Queasy Cheesy. Maar hé, wie was ik om daar iets van te vinden?

Of misschien was hij hier voor zijn EIGEN feestje.

'OMG, André! Ben JIJ vandaag jarig? Want in dat geval kan ik op zijn minst, eh... een paar Queasy Cheesy-muntjes voor de gameruimte voor je kopen. Ik moet je wel waarschuwen dat de popcorn een beetje oud is, en wat je ook doet, ga NIET in de ballenbak. Mijn kleine zusje Brianna zei dat er de vorige keer dat we hier waren iemand in heeft overgegeven.'

André lachte. 'Wat ben je toch grappig, Nicole. Maar IK ben niet jarig. O, dat zou ik bijna vergeten. Hier! Dit is voor JOU!'

Hij gaf me het minibosje ballonnen en de doos van de CupCakerij.

'Ik heb croissantjes voor je gekocht! Als een voorproefje van de GEWELDIGE dingen die je deze zomer in PARIJS zult eten!' zei hij weemoedig.

'Dat had je NIET hoeven doen, André! Ik deed gewoon wat een buddy moet doen. Ik bedoel, het was VERPLICHT. Ik had geen keus.'

'Maar ik heb WEL een keus! En ik wil dit aan je geven.' Hij glimlachte. 'Ik zal de serveerster om borden vragen. Je moet die chocoladecroissantjes proeven nu ze nog warm zijn. Ik ben zo terug!'

'Maar dat feestje dan waarvoor je uitgenodigd was? Ik wil niet dat je dat misloopt vanwege mij,' protesteerde ik, terwijl hij wegliep en in het drukke restaurant verdween.

Nieuwsgierig maakte ik de doos open en keek naar wat erin zat. Het zag er verrukkelijk uit!

Ik schrok van een stem vlak achter me, en toen ik me omdraaide stond er een jongen naar me te staren...

HET WAS BRANDON!!

'OMG! Brandon, je BENT er!' zei ik blij. 'Ik ben ZO blij om je te zien!'

'Dank je. Ik ben ook blij om jou te zien!' Hij bloosde.

'Maar wat ga je met die pizza doen? Ik heb nog nauwelijks naar het menu gekeken,' zei ik.

'Die is om mee te nemen. Ik kom hem alleen even halen. Ik ben nog steeds bezig met de website, dus ik eet hem bij Vrolijke Viervoeters,' legde Brandon uit.

'Je wilt pizza gaan eten bij Vrolijke Viervoeters in plaats van HIER? Nou... oké. Ik vind het best.' Ik haalde mijn schouders op. 'Dat geeft ons wel meer privacy om te praten. Ik zal het tegen de serveerster zeggen.'

'Bedankt voor de pizza en de tekeningen van de puppy's. Ze zijn FANTASTISCH, Nikki! Ik was van plan je er later vandaag over te appen.'

'Fijn dat ik kon helpen,' zei ik. 'Hoe dan ook, nu je hier eindelijk bent, moeten we ECHT praten. Ik heb alles proberen uit te leggen in mijn brief.'

'Ja, ik heb je brief gekregen,' zei Brandon met een zucht. 'Ik moet zeggen dat ik er een beetje – nee, HEEL ERG – van in de war ben.'

'Ga gewoon zitten en dan praten we. Ik zal alles uitleggen, ook het fotodrama, oké?'

'Best. Al denk ik eigenlijk, als ik eerlijk ben, dat IK sorry moet zeggen,' zei Brandon verlegen, terwijl hij zijn haar uit zijn ogen veegde. 'Je weet wel, voor hoe ik de laatste tijd deed.'

'Eigenlijk moet IK juist sorry zeggen, Brandon.'

'Luister, ik ben het ermee eens dat we moeten praten. Maar ik moet die pizza nog betalen, met mijn cadeaubon. Straks denken ze nog dat ik hem probeer te STELEN!' zei Brandon voor de grap.

'Ja, mijn vader heeft mij ook een paar cadeaubonnen voor pizza gegeven,' zei ik lachend. 'Daar ga ik dit etentje van betalen.'

'Zo terug,' zei Brandon, al op weg naar de kassa.

Op dat moment kwam André terug.

'Alles is geregeld. De serveerster komt ons zo borden brengen,' zei hij.

'Goed! Dus, eh... bedankt voor de croissantjes en de ballonnen. Het was leuk om je nog even te spreken, André.'

Toen ging hij om de een of andere reden aan mijn tafeltje zitten, pakte het menu en begon het te lezen. Toen staarde hij me aan en glimlachte.

'Goed, ik heb je brief gelezen, Nicole. Ik besef dat we elkaar pas een week kennen, maar het lijkt wel een jaar. Eerlijk gezegd had ik nooit gedacht dat jij HETZELFDE zou voelen als IK!'

'OMG, André! Twijfel JIJ dan ook of we deze zomer samen in Parijs moeten doorbrengen? Ik ben ZO opgelucht! Dit is echt goed nieuws! Ik hoopte al dat je het zou begrijpen!'

'Eh... eerlijk gezegd begrijp ik het NIET!' mompelde André. 'Ik ben een beetje in de war.'

'Zoals ik al schreef in mijn brief: ik laat het je weten als ik van gedachten verander! Maar ga nu maar naar je feestje. Ik zou het heel erg vinden als je dat zou mislopen!'

'Je hebt het steeds over een feestje. WAT voor feestje?' vroeg André, nu een beetje geïrriteerd.

'Dat feestje waarvoor je zei dat je uitgenodigd was. Weet je dat niet meer?'

En toen hoorde ik iemand nogal hard zijn keel schrapen.

Het was Brandon!

Hij was terug, en hij leek NIET zo blij om André te zien zitten. En André leek NIET zo blij om Brandon te zien.

Ze staarden elkaar alleen maar aan, en dat leek EINDELOOS te duren.

Toen voerden we met ons drieën een heel diepzinnig en betekenisvol gesprek...

ANDRÉ?!
BRANDON!
QUEASY CHEESY

NICOLE?!
VAN HARTE!!
De CupCakerij

'Zeg, Brandon,' zei ik vrolijk. 'Waarom ga je niet, eh... zitten?'

'Dat KAN niet!' zei Brandon. 'André zit op mijn STOEL! Alweer! Dat begint echt een SLECHTE gewoonte van je te worden, gast! Waar slaat dat op?'

'Hoi, Brandon!' zei André droog. 'Wat doe JIJ hier?'

'Nee, de vraag is, wat doe JIJ hier, op MIJN stoel?' mopperde Brandon.

Ik kon niet geloven dat Brandon en André ZO kinderachtig deden. Ze begonnen me echt de keel uit te hangen.

'Eigenlijk kwam André alleen even gedag zeggen. Hij is hier voor een verjaardagsfeestje,' legde ik uit.

'Er. Is. Geen. FEESTJE!' zei André binnensmonds.

Brandon kneep zijn ogen tot spleetjes en keek André vuil aan. 'Maar er staat "Van harte" op die ballon. Wat valt er dan te vieren?'

André sloeg zijn armen over elkaar en grijnsde naar Brandon.

'Dat Nikki naar PARIJS mag! Ze komt twee weken halverwege juli en ik heb beloofd om haar de stad te laten zien! Heeft ze je dat niet verteld?'

Brandon keek alsof hij een bal in zijn gezicht had gekregen.

'Eh... NEE! Dat heeft ze me NIET verteld! Maar wat ze MIJ WEL verteld heeft, is dat ze de hele maand juli op tournee gaat met de Bad Boyz, en ik geloofde haar. Maar nu weet ik niet meer WAT ik moet geloven. Ik begin je brief een stuk beter te begrijpen, Nikki...' Brandon viel stil en zijn gezicht stond verdrietig.

'Zeg, André, ik heb nog niet de kans gehad om Brandon over die reis naar Parijs te vertellen!' zei ik.

'OEPS!' André haalde zijn schouders op. 'SORRY!'

'Waarom heb je dat niet gezegd, Nikki?' vroeg

Brandon. 'Het is behoorlijk belangrijk nieuws! En het heeft invloed op AL onze zomerplannen.'

'Ik heb woensdag geprobeerd om het aan jou, Chloë en Zoey te vertellen. En donderdag weer, maar toen wilde je niet eens met me praten! Daarom heb ik je die brief geschreven,' legde ik uit.

'Oké, Nikki. Ik heb maar één vraag,' zei Brandon zacht, terwijl hij naar de vloer staarde. 'Meende je echt wat je zei in die brief? Dat moet ik weten.'

'Ja, Brandon, elk WOORD. En ik meende ook elk WOORD van mijn brief aan jou, André. Ik zou het waarderen als jullie me ALLEBEI mijn EIGEN keuzes lieten maken. Probeer gewoon aardig tegen elkaar te doen en gedraag je niet alsof jullie vier zijn.'

'Je hebt gelijk, Nikki,' zei Brandon ernstig. 'Ik wil alleen maar dat jij GELUKKIG bent! En als dat Parijs betekent, dan is dat wat ik voor je wil. Luister, ik kan maar beter gaan. Deze pizza wordt koud. Dus, eh... ik zie je nog wel. Misschien.'

Hij draaide zich om en liep naar de deur.

'Luister, Brandon. Je hoeft niet weg te gaan. We moeten nog steeds praten. Ik moet het op zijn minst uitleggen. WACHT!' zei ik, vechtend tegen mijn tranen.

Maar Brandon negeerde me en liep weg.

Bij de deur bleef hij staan, wierp me een blik toe over zijn schouder en deed toen de deur open.

Op dat moment was het duidelijk dat onze vriendschap, of wat we dan ook hadden samen, officieel voorbij was. ☹

OMG! Niet te geloven dat het na twaalven is. Ik ben mentaal en fysiek UITGEPUT van het schrijven.

De rest van het verhaal moet maar wachten tot...

MORGEN!

Want nu moet ik echt gaan slapen!

☹!!

ZONDAG 1 JUNI – 13.30
IN MIJN KAMER

Ik ben nog steeds niet helemaal bijgekomen van het hele drama bij Queasy Cheesy. Het was NIET NORMAAL!

Helaas heb ik vandaag niet veel tijd om in mijn dagboek te schrijven, want ik moet van mijn moeder verplicht met Brianna naar deel 9 van *Prinses Suikerpruim redt het eiland van de baby-eenhoorns!* ☹

Daarna ga ik de herhalingen van *Mijn Superrijke en Ordinaire Leven* bingewatchen, eten, huiswerk maken en naar bed.

Dus, waar was ik gebleven...? Ik was praktisch in tranen toen ik Brandon zag weglopen bij Queasy Cheesy. Hij wierp me over zijn schouder nog een bedroefde blik toe en deed toen de deur open.

Op dat moment kwamen mijn BFF's CHLOË en ZOEY het restaurant BINNENSTORMEN. En ze GILDEN alsof hun HAAR in de FIK stond!!

MIJN BFF'S CHLOË EN ZOEY VALLEN
QUEASY CHEESY BINNEN

'OMG! Gelukkig hebben we je gevonden, Nikki!' gilde Chloë buiten adem.

'We hebben je moeder gebeld en die zei dat je hier was!' schreeuwde Zoey opgewonden.

WAT is er in hemelsnaam aan de hand, vroeg ik me af. Toen grepen ze Brandon allebei bij een arm en sleurden hem zo'n beetje terug naar mijn tafel.

'Luister, Chloë en Zoey,' gromde Brandon, 'het laatste wat ik wilde was Nikki's date onderbreken. Ik ging net weg...'

'BRANDON! GA ZITTEN!!' schreeuwden Chloë en Zoey allebei tegen hem.

Brandon knipperde verrast met zijn ogen, trok er een stoel van een andere tafel bij en ging snel zitten.

'Zeg,' zei André. 'Ik weet dat jullie goede vrienden zijn en zo. Maar Nicole heeft MIJ persoonlijk uitgenodigd om onze zomerplannen te bespreken. Ik vind dat jullie ons wat privacy moeten gunnen.'

En toen flipte Chloë totaal. 'Luister eens, meneer Lekkerkontje! Je mag zoveel met Nicole praten als je wilt. Maar blijf uit de buurt van onze BFF Nikki! Ik waarschuw je! Ik kan karate, kungfu, judo, taekwondo en minstens vijf andere gevaarlijke woorden opnoemen!' gromde ze.

'Goed gezegd, meid!' zei Zoey. 'En IK heb... Wacht, ik weet dat ik dat ding hierin heb zitten,' zei ze, terwijl ze in haar tasje grabbelde.

Plotseling trok ze haar mobiel tevoorschijn.

Heel FIJN! ☹ Dus Chloë en Zoey komen hier als een kudde wilde buffels naar binnen stormen en bedreigen mijn nieuwe vriend, André...

ALLEEN om nog een paar lieve SELFIES met hem te kunnen maken?

Ik vond het ZO walgelijk!

Zoey tikte een paar keer op het scherm van haar mobieltje. 'En ik heb... DIT! De FOTO die alles bewijst.'

Ze duwde hem recht onder Andrés neus. 'Kun je dit uitleggen, André?' schreeuwde Zoey.

André staarde ernaar en fronste zijn wenkbrauwen.

'Eh... Een meisje in een roze pyjama met een moddermasker op, dat danst en in een haarborstel zingt?' Hij haalde zijn schouders op.

'O, wacht! Dat ben ik! Verkeerde foto!' zei ze en giechelde nerveus, terwijl ze weer op haar mobiel tikte.

Toen duwde ze haar telefoon weer onder Andrés neus. 'Oké! Leg DIT maar eens uit!'

'Eh... Een oud vrouwtje met een feestmuts op, dat kaarsjes op een verjaardagstaart uitblaast?' zei hij.

'Oeps! Dat is de vijfenzeventigste verjaardag van mijn oma! Weer de verkeerde foto. Die STOMME telefoon reageert zo snel op aanraking,' gromde ze.

Ik rolde alleen maar met mijn ogen. Brandon schudde ongelovig zijn hoofd. André keek een beetje verveeld.

'Oké, laten we het nog ÉÉN KEER proberen! Leg... DIT maar eens uit!' snauwde Zoey.

André keek naar de telefoon met een grijns op zijn gezicht. Maar al snel keek hij bezorgd...

ZOEY ONDERVRAAGT ANDRÉ

Arme André, dacht ik. Kennelijk hadden mijn BFF's eindelijk die foto's van ons online gevonden.

Queasy Cheesy is beroemd om het animatieteam, dat bestaat uit Queasy de Muis en zijn rockband van levensgrote dierenvriendjes. NIET om mijn uit de hand gelopen middelbareschoolDRAMA's!

Maar iedereen staarde ons aan en pakte er popcorn bij! ☹

'Nikki, we komen je waarschuwen dat je pizza zit te eten met een VUILE RAT!' zei Zoey hard.

Precies op dat moment waggelde Queasy de Muis langs, met een dienblad vol pizza. Hij hoorde haar, bleef abrupt stilstaan en liet verdrietig zijn kop hangen.

'Kom op, Zoey! Queasy is een muis, geen rat. En ZO vuil is hij nu ook weer niet,' wierp ik tegen. 'Knaagdieren hebben ook gevoelens, weet je.'

'Maar ik had het niet over Queasy!' zei Zoey. 'Eh... sorry daarvoor!' Ze grijnsde schaapachtig naar de als muis verklede medewerker. 'Zijn we weer VRIENDJES?'

Queasy knikte, stak zijn duim op en waggelde vrolijk verder.

'Ik had het over die leugenachtige WEZEL daar!' zei Zoey, terwijl ze wees.

Ik dacht dat ze Willy de Wezel beschuldigde, die op het podium gitaar stond te spelen. Maar ze wees recht naar André, die geschrokken terugstaarde.

'André?' zei ik geschokt. 'Zoey, waar heb je het over? Je maakt een ENORME vergissing.'

Chloë tikte op Zoey's schouder. 'Laat mij maar even. Ik regel dit wel!' zei ze bars, als een strenge politieagent. O-o... dacht ik. Chloë is natuurlijk mijn BFF, maar soms is die meid zo... HEFTIG!

'Zeg, Chloë en Zoey, willen jullie er ook een? Ze zijn heerlijk!' zei André nerveus, terwijl hij hun zijn doos met Franse croissantjes aanbood.

'Gast, we komen hier ALLEEN om... JOU OP JE NUMMER TE ZETTEN!' zei Chloë met een opgestoken vingertje. 'Niemand komt aan onze BFF! Zelfs niet iemand met overheerlijke, nog warme, hemels ruikende chocoladecroissantjes die smelten op je tong!'

Ze griste de doos uit Andrés handen en propte een croissantje in haar mond...

CHLOË EET MIJN CHOCOLADECROISSANTJES!

'Ik confisqueer deze als... eh... bewijsmateriaal! Om veiligheidsredenen moet ik ze stuk voor stuk voorproeven!' mompelde Chloë met volle mond.

'Chloë, CHILLAX!' riep ik. 'Laat André met rust! En vertel me ALSJEBLIEFT wat er aan de hand is!'

'Iemand heeft bewerkte foto's van jou online gezet, Nikki, om de vuile roddel in de wereld te helpen dat jij schaamteloos met André flirt,' legde Zoey uit. 'En ze zetten er akelige opmerkingen bij over ons ALLEMAAL. Ze noemden jou, Zoey en mij zelfs HONDEN!'

'Wij zijn GEEN honden!' zei Chloë boos, met haar handen op haar heupen. 'De enige keer dat Zoey en ik VLOOIEN hadden, was toen we Brandon hadden geholpen met honden wassen bij Vrolijke Viervoeters. Maar het was niet ZIJN schuld dat WIJ de vlooienshampoo waren vergeten!'

'Wat lief dat jullie hiernaartoe zijn gekomen om dit allemaal te vertellen. Maar ik wist het al,' zei ik.

'ECHT WAAR?' riepen Chloë en Zoey verrast.

'Ja! Brandon ook. En André weet het nu ook. Volgens mij is SelfieChic Tiffany, en MacKenzie LoveMyLipGloss. MacKenzie heeft min of meer toegegeven dat zij die foto's heeft geplaatst. Maar ik weet zeker dat ze zal liegen alsof het gedrukt staat als we directeur Winston gaan vertellen dat ze aan het cyberpesten was. We hebben meer BEWIJS nodig!'

'Nou, hier heb ik nog een puzzelstukje!' zei Zoey, terwijl ze Brandon en mij een foto op haar telefoon liet zien.

Ik dacht dat het weer een van die foto's van André en mij was, maar dat WAS niet zo.

OMG! Ik kon mijn ogen NIET geloven! Het was...

SCHOKKEND!

We keken André alle vier alleen maar WOEDEND aan, alsof hij iets smerigs was wat Daisy achter de bank had achtergelaten.

'Luister, die foto is NIET wat hij lijkt. Nicole,

je moet me g-geloven! Ik k-kan het uitleggen!' stotterde André.

'Oké, André. Je hebt precies ÉÉN minuut,' zei ik, terwijl ik kalm probeerde te blijven. 'LEG MAAR UIT!'

Misschien WAS er een onschuldige verklaring voor wat we op die foto zagen! ☺ Maar waarschijnlijk NIET, zo te zien! ☹

O, NEE! Mijn moeder roept me.

Ik moet nu stoppen met schrijven.

Tijd voor een OPWINDEND reisje naar het eiland van de babyeenhoorns voor het zoveelste FASCINERENDE avontuur met Prinses Suikerpruim en mijn onhandelbare zusje.

WAAROM ben ik NIET als enig kind geboren?

☹!!

MAANDAG 2 JUNI – 12.00
IN DE BEZEMKAST

Ik dacht dat ik André best goed kende. Hij leek een heel aardige jongen, maar ik geloof dat ik het mis had.

Ik was met plezier met hem opgetrokken, omdat hij zei dat hij nog maar kort op North Hampton Hills zat en nog geen vrienden had gemaakt.

Hij had ook verteld dat hij het haatte om 'nieuw' te zijn en bang was om buiten de groep te vallen.

Ik had me PRECIES zo gevoeld op mijn eerste dag op Westchester Country Day.

OMG! Het was VERSCHRIKKELIJK! De eerste paar weken dwaalde ik als een ZOMBIE door de gangen!

Niemand praatte met me en tijdens de lunch zat ik elke dag alleen. En MacKenzie deed steeds haar uiterste best om mijn leven tot een HEL te maken!

Dus snapte ik niets van de foto op Zoey's mobiel...

ANDRÉ MET MACKENZIE EN TIFFANY
IN DE CUPCAKERIJ?

Ik weet niet waarom, maar MacKenzie en Tiffany KUNNEN ME ALLEBEI NIET UITSTAAN! ☹

En nu lijkt het erop dat André met hen allebei BEVRIEND is EN hen heeft GEHOLPEN om foto's en akelige opmerkingen online te zetten.

Chloë en Zoey waren eerder die dag in de CupCakerij geweest en hadden ze samen gezien. Ze hadden die foto voor mij gemaakt.

Ik voelde me verdoofd en kon wel JANKEN! Ik dacht echt dat hij een vriend was.

André zat te praten, maar ik luisterde niet echt.

'...dus heb ik heel even bij hen aan tafel gezeten om even gedag te zeggen en te zien hoe het met ze ging. Toen heb ik croissantjes gehaald en ben ik meteen hiernaartoe gekomen. En dat is de waarheid, Nicole!'

We staarden André alle vier zwijgend aan. Toen schraapte Chloë haar keel. 'André, wil je weten wat wij op dit moment denken?'

Hij glimlachte zwakjes en keek hoopvol. 'Natuurlijk, Chloë. Ik hoor graag wat je te zeggen hebt.'

'ANDRÉ, DIT IS HET BELACHELIJKSTE VERHAAL DAT WE OOIT HEBBEN GEHOORD EN HET IS ALLEMAAL GELOGEN, ZIELIGE CYBERPESTKOP!' schreeuwde ze.

'Ik vind het jammer dat jullie me niet geloven. Maar dat houdt me NIET tegen om te doen wat ik moet doen!' zei André, terwijl hij opstond. 'En Nicole, ik zal altijd...' Hij keek naar Brandon en viel halverwege zijn zin stil.

Ik weet niet waarom, maar ik begon ineens HEEL erg te twijfelen. Stel dat André de waarheid sprak?

We keken André na toen hij naar de deur liep.

Hij wierp me over zijn schouder een bedroefde blik toe en deed toen de deur open.

En toen kwamen MacKenzie en Tiffany binnenstormen, gillend op de toppen van hun longen alsof ze hun verstand hadden verloren...

'ANDRÉ! VUILE DIEF! JE BENT ER GLOEIEND BIJ!' schreeuwde MacKenzie.

'GEEF MIJN TELEFOON TERUG! NU!' krijste Tiffany. 'IK WEET DAT JIJ HEM HEBT!'

Ze pakten hem ieder bij een arm en sleurden hem zo'n beetje terug naar onze tafel. Mijn vrienden en ik staarden ze sprakeloos aan. WAT was er aan de hand?

De grootste vraag was: sinds wanneer waren MacKenzie en Tiffany lid van de IK HAAT ANDRÉ-CLUB? Een uurtje geleden zaten ze nog SAMEN bij de CupCakerij, FLIKFLOOIEND als BFF's. Hier was iets NIET in de HAAK!

'Weet je, Tiffany? Ik geloof JOU voor geen meter!' zei ik. 'JIJ stal meneer Winters boekje met lesplannen en zei tegen hem dat ik dat had gedaan, weet je nog? En NU zeg je dat André je telefoon heeft gestolen. Als je geen pathologische LEUGENAAR bent, kom je er dicht bij in de buurt!'

'Ik ben het met Nikki eens, Tiffany,' zei Brandon. 'Ik

geef het NIET graag toe, maar ik geloof niet dat André je telefoon heeft gestolen. Hij mag dan een ijskoude, gemene, onbetrouwbare cyberpester zijn, ik geloof niet dat hij een vieze, vuile, smerige DIEF is.'

Chloë en Zoey knikten instemmend...

HET WAS ALSOF ANDRÉ TERECHTSTOND EN WIJ DE RECHTER EN JURY WAREN

Maar toen gebeurde er iets waardoor mijn hoofd bijna ONTPLOFTE!

'Eerlijk gezegd... ben ik WEL een vieze, vuile, smerige DIEF!' bekende André, alsof dat niks bijzonders was.

EN TOEN HAALDE HIJ DUS SERIEUS TIFFANY'S MOBIEL UIT ZIJN ACHTERZAK!

Iedereen was sprakeloos! Ik geloofde mijn ogen niet!

'Zie je, Nikki! Ik zei toch dat André niet te vertrouwen was!' riep Chloë uit. 'Bel de POLITIE! Snel!'

'Laat me het even uitleggen, oké?' smeekte André. 'Toen ik in de CupCakerij croissantjes ging halen, hoorde ik Tiffany en MacKenzie toevallig praten over de foto's die ze online hadden gezet. Ik zag dat ze nare opmerkingen op een of andere website plaatsten met Tiffany's mobiel. Dus heb ik die even geleend, zeg maar, zodat ik bewijs zou hebben voor wat ze deden. Ik wilde hem later vandaag teruggeven.'

'Is dat niet verboden, gast?' vroeg Brandon.

'Hoe weten we dat je die croissantjes niet OOK hebt gestolen?' gilde Chloë. 'OMG! Ik heb GESTOLEN goederen gegeten! Ik ga naar de GEVANGENIS!'

'Je komt er NIET mee weg dat je MIJN telefoon hebt gestolen, André!' gilde Tiffany. 'Als je mij dwarszit, kom je VET in de problemen! Geef hem terug! Of anders... zeg ik het tegen MAMA!'

'Nee hoor, Tiffany!' zei André. 'Want... IK ZEG HET ZELF TEGEN MAMA!! Sorry, maar je bent betrapt! Op cyberpesten, alweer! Ik heb hier al het bewijs dat ik nodig heb. Mama gaat je vast de halve zomer huisarrest geven en je vrijwilligerswerk laten doen in het bejaardentehuis. Net als de vorige keer!'

'WAAG het niet om het tegen mama te zeggen, André! ALSJEBLIEIEFT!' jengelde Tiffany. 'Ik HAAT het om in het bejaardentehuis te werken! Ik EET nog liever vijf tubes kleefpasta voor kunstgebitten of VERDRINK mezelf in een emmer PRUIMENSAP dan dat ik daar weer heen moet!'

'Ho even! Ho even! Ho even!' onderbrak Zoey. 'Je mag

zo uitpraten, Tiffany!' zei ze. 'Maar... IS ANDRÉ JOUW BROER?'

Mijn hoofd DUIZELDE!

'Ik ben haar STIEFBROER!' antwoordde André. 'Mijn moeder is getrouwd met Tiffany's vader.'

En toen ONTPLOFTE mijn hoofd dus ECHT!! KABOEM!!

'Laat de pizza maar zitten! We hebben genoeg aan dit onbeperkte DRAMAbuffet!' zei Zoey hoofdschuddend.

'Tiffany, wat MacKenzie en jij hebben gedaan was echt... GEMEEN!' Ik was ZO boos dat ik wel kon, eh... SPUGEN!

'OMG! Moet ik me nou serieus schamen vanwege dat cyberpesten?' zei Tiffany spottend. 'Mijn mobiel is GESTOLEN en mijn hele zomer is VERPEST. Dus IK ben hier het echte SLACHTOFFER! En HOE moet ik nou zonder mobiel mijn volgende SELFIE maken voor ik afkickverschijnselen krijg, Nikki?'

'Het spijt me, maar dat spijt me niet!' katte ik.

'Ik ben geschokt, Tiffany! Hoe kun je zo gemeen doen tegen Nikki? Mutsen hebben ook gevoel!' zei MacKenzie, die onopvallend naar de deur sloop. 'Ik had graag nog even willen blijven, maar ik moet naar huis om mijn haar te wassen en mijn schoonheidsslaapje te doen. Toedels!'

'O, echt niet!' Tiffany greep MacKenzie bij haar arm. 'Shampoo helpt niet tegen jouw vieze gespleten haarpuntjes. Jij hebt een autowasstraat nodig! En hoe kun je je BFF zo in de steek laten?'

'Nou, ik bedoel dit niet rot, Tiff! Maar zo goed ken ik jou niet!' zei MacKenzie kil. 'Bovendien is Jessica mijn echte BFF, niet jij. Dus boeien.'

'Mij best! Wie wil er nou een BFF als jij?' snauwde Tiffany. 'En om dat gezicht te redden heb je geen schoonheidsslaapje nodig! Maar een WINTERSLAAP! Tot in de LENTE! En vertel voor je gaat ook even hoe je in Nikki's rugzak hebt zitten rommelen en de brieven van Brandon en André hebt VERWISSELD?

Als ik ten onder ga, sleur ik jou MEE in mijn val!'

MacKenzie keek haar kwaad aan. 'Dus die roddels dat jij een meedogenloze verrader bent zijn waar, Tiffany! De batterij van mijn MOBIELTJE gaat nog LANGER mee dan jouw VRIENDSCHAPPEN!'

MACKENZIE EN TIFFANY HEBBEN EEN VALSE-MEIDENRUZIE!

Toen draaide MacKenzie zich om naar mij. 'Je had gelijk over Tiffany, Nikki. Ze IS een ergere leugenaar dan ik! Ik heb ZO'N medelijden met haar. Ik zou haar bijna een knuffel geven, maar ik wil geen IDIOOT in mijn armen! Ik ben veel liever vrienden met jou.'

Het was heel duidelijk dat MacKenzie zich gewoon onder de rotzooi probeerde uit te draaien die zij en Tiffany ervan hadden gemaakt.

André was merkwaardig stil geworden.

'Eh... Tiffany, wat zei je over die verwisselde brieven? Had ik dan de brief die eigenlijk voor Brandon was?'

'Klopt, Romeo. Zeg nou niet dat je dacht dat Nikki echt iets in je zag!' Tiffany lachte vals. 'Ze heeft JOU niet bij Queasy Cheesy uitgenodigd, maar Brandon! MacKenzie heeft het IQ van een oranje kleurpotlood, maar ze heeft met jullie gespeeld alsof ze een computerspelletje deed! Jullie verliefde losers trappen echt overal in!'

André en Brandon keken allebei geschokt.

Dus DAAROM deden ze allebei zo raar nadat ze mijn brieven hadden gekregen.

Ik vond het heel sneu voor hen allebei.

'Luister, jongens, het spijt me erg van die brieven. Dat hadden jullie niet verdiend, sorry.'

'Jij hoeft geen sorry te zeggen, Nicole,' antwoordde André. 'Het spijt me als ik een beetje... opdringerig werd. Ik was een beetje in de war, denk ik.'

'Dat geldt ook voor mij,' zei Brandon. 'WIJ moeten eerder sorry zeggen tegen JOU, Nikki!'

'Jongens, weten jullie wat ik VEEL liever wil dan excuses? Dat jullie aardig tegen elkaar doen en NIET ruziemaken over STOELEN!' zei ik plagerig.

'Hoor eens, André, ik heb me in je vergist,' zei Brandon. 'Je bent geen cyberpester of dief. Je bent een heel coole GAST! Voor een Fransman dan.'

'Jij ook,' zei André met een glimlach. 'Dat je dat

allemaal uitgevogeld hebt, betekent dat je best slim bent. Voor een Amerikaanse gast dan.'

Toen gaven ze elkaar een high five. Ik rolde met mijn ogen. Maar in elk geval gedroegen ze zich nu alsof ze zes waren, in plaats van vier.

'HA... HATSJOE!' Chloë deed alsof ze niesde. 'Nikki, de rest van die croissantjes hoef je zeker niet meer? Ik heb er per ongeluk overheen geniesd! Sorry!'

'Ik ben gek op een goede afloop!' zei Zoey blij. 'Wie heeft er zin in een groepsknuffel?'

Zoey, André, Chloë, Brandon en ik kropen tegen elkaar aan voor een grote groepsknuffel, terwijl Tiffany en MacKenzie achter ons stonden te mokken.

'Dit was allemaal JOUW stomme idee!' klaagde Tiffany. 'En nu is mijn hele zomer VERPEST!'

'Nee, dit was JOUW stomme idee!' mopperde MacKenzie. 'JIJ bent degene met een obsessie voor SELFIES op sociale media!'

'Nou, wen er maar aan! We kunnen deze zomer een HELEBOEL selfies maken als we GEDWONGEN zijn om ALLEBEI als vrijwilliger in het bejaardentehuis te werken!' zei Tiffany.

Tiffany en MacKenzie VERDIENEN elkaar helemaal!

Ondanks al hun valse-meidendrama's heb ik mijn niet-zo-geheime datingramp overleefd!

OMG! Ik zit hier al zo lang te schrijven dat ik te laat ben voor bio!

Ik moet weg!

DINSDAG 3 JUNI – 17.30
IN MIJN KAMER

Vandaag was de laatste schooldag!

IEIEIEIE!! ☺

Wat betekent dat mijn ZOMERVAKANTIE officieel begonnen is!

Brandon kwam bij mij thuis om Daisy weer gehoorzaamheidstraining te geven. Volgens mij werkt het heel goed, want de laatste tijd zie ik een grote verbetering in haar gedrag.

Vandaag gingen we Daisy socialiseren; we gingen haar leren om met andere honden om te gaan.

Brandon had drie honden uit Vrolijke Viervoeters meegenomen waarmee ze gezellig kon spelen.

Maar helaas raakten Brandon en ik een beetje afgeleid. Misschien hadden WIJ het nog GEZELLIGER dan de HONDEN...

CONTAINER

OEPS!!
CONTAINER
MELK

Nu ik er nog eens over nadenk heeft Daisy's training misschien TOCH niet zoveel geholpen. Hm... misschien heeft ze nog MEER training nodig. Bijvoorbeeld ELKE DAG. Daar moet ik het met Brandon over hebben!! ☺

Ik heb nog steeds geen beslissing genomen over de tournee van Bad Boyz en de reis naar Parijs.

Zoey en Brandon zeggen dat ik absoluut naar Parijs moet gaan, omdat ik gek ben op kunst en omdat het een ervaring is die mijn leven zal veranderen!

Chloë en André zeggen dat ik GEK ben als ik niet op tournee ga, omdat het FANTASTISCH wordt en Parijs later nog wel kan... ALTIJD!

Ik weet nog niet WAT ik moet kiezen. Misschien moet ik proberen ALLEBEI te doen? Want soms moet je kiezen EN delen! Sorry! Ik kan er niets aan doen...

IK BEN GEWOON ZO'N MUTS!!

☺!!

LIEFDESKRIEBELS!! ☺

DANKWOORD

Een speciaal bedankje aan mijn FANTASTISCHE redacteur Liesa Abrams Mignogna. Boek na boek blijven jouw passie en steun voor de Muts-serie ongeëvenaard. Bedankt dat je me helpt groeien als auteur en Nikki's wereld liefdevol tot leven helpt brengen.

Aan Karin Paprocki, mijn GEWELDIGE artdirector. Ik ben zo blij met de ontwikkeling van onze serie en met alle omslagen, die even spannend en creatief zijn als de boeken zelf. En mijn ONGELOFELIJKE uitgever, Katherine Devendorf. Bedankt dat je een ingewikkelde, onvoorstelbare taak schijnbaar moeiteloos uitvoert.

Speciale dank aan mijn FENOMENALE literair agent bij Writers House, Daniel Lazar. Het is zo fijn dat jij net zulke grote, spectaculaire dromen en ambities hebt voor Dagboek van een muts als ik! Je bent knap, integer, geestig en eerlijk. Alles wat ik waardeer in onze geweldige vriendschap.

Dank aan het FANTASTISCHE Team Muts bij Aladdin/ Simon & Schuster: Mara Anastas, Jon Anderson, Julie

Doebler, Carolyn Swerdloff, Nicole Russo, Jenn Rothkin, Ian Reilly, Christina Solazzo, Rebecca Vitkus, Chelsea Morgan, Lauren Forte, Crystal Velasquez, Michelle Leo, Anthony Parisi, Christina Pecorale, Gary Urda en het hele salesteam. Bedankt voor al jullie harde werk en toewijding. Jullie zijn werkelijk onvervangbaar.

Een speciaal bedankje aan mijn Writers House-familie: Torie Doherty-Munro en de literair agenten voor de buitenlandse rechten, Cecilia de la Campa en James Munro, voor jullie steun van wereldklasse. En Deena, Zoé, Marie en Joy: dank voor jullie medewerking.

Aan mijn begaafde en creatieve illustrator Nikki, en mijn supergetalenteerde en geestige coauteur Erin: ik prijs mezelf gelukkig dat ik kan samenwerken met mijn mutsige dochters, die me tot deze serie hebben geïnspireerd. En Kim, Don, Doris en mijn hele familie! Bedankt voor jullie liefde en steun voor alles wat met Dagboek van een muts te maken heeft.

Vergeet nooit je innerlijke MUTS te laten stralen!

Foto: Suna Lee

Rachel Renée Russell is de razend succesvolle schrijfster van de serie Dagboek van een muts (nummer 1 op de *New York Times*-bestsellerlijst) en de nieuwe bestsellerserie De avonturen van Max Kruimel.

Wereldwijd zijn er zesendertig miljoen exemplaren van haar boeken gedrukt, en ze zijn vertaald in zevenendertig talen.

Rachel werkt graag samen met haar twee dochters, Erin en Nikki, die haar boeken helpen schrijven en illustreren.

Rachels boodschap is: 'Vergeet nooit je innerlijke muts te laten stralen!'

Lees ook...
De avonturen van Max Kruimel

1. MIJN GEHEIME LEVEN ALS SUPERHELD ~~OP SOKKEN~~

Als ik superkrachten had, zou mijn leven op school lang niet zo'n HEL zijn.

Dan zou ik nooit meer die stomme bus missen, want ik VLOOG gewoon naar school!

GEWELDIG, toch? Dan zou ik zo ongeveer de COOLSTE jongen van de hele school zijn!

Maar wil je een geheim horen? Een luchtaanval van een boze vogel is NIET cool. Het is gewoon... SMERIG!

Op tv, in stripboeken en films lijkt al dat superhelden-gedoe een EITJE. Maar daar klopt echt NIKS van! Dus laat je niet bedotten.

Je kunt GEEN superkrachten krijgen door in een laboratorium gekleurde gloeiende vloeistoffen door elkaar te mengen en OP TE DRINKEN...

IK MAAK EEN HEERLIJKE SUPERKRACHTENSMOOTHIE

HOE ik weet dat dat niet werkt?

'OEPS!'

Laat ik het zo zeggen...

Kan Max met zijn unieke superkrachten de redder in nood zijn en de pestkop verslaan?

MAX KRUIMEL STAAT OP HET PUNT naar de engste plek te gaan waar hij ooit is geweest: het Zuiderwal College.

Zijn nieuwe school heeft veel voordelen, maar ook één groot nadeel: Ruud, de grootste pestkop van de school, die niets liever doet dan Max in zijn eigen kluisje proppen.

Was Max maar net zoals de held in zijn favoriete stripverhalen! Helaas heb je niet veel aan Max' griezelige, bijna bovenmenselijke talent om pizza te ruiken van een kilometer afstand als je levens moet redden en boeven moet vangen.

Toch zal Max zijn stinkende best doen om de held te zijn die zijn school nodig heeft.